从动物文学走入动物世界

【智能阅读小书童】带你 探寻 动物 的秘密：

 小小探险家们，让我们一起揭秘【动物大百科】

★ 观看趣味动画，了解动物知识，解读它们的秘密

此外，我们还提供了：
【作者介绍】与【本书角色图鉴】
获取作者简介，浏览书中角色科普介绍
☑【科普小测试】 测测你对动物有多了解
☑【话题讨论圈】 分享你与动物的那些事

微信扫码

还能获取【名著天地】
拓展自己的名著阅读面

【特别企划】
共同参与√配音小达人
欢迎踊跃参加我们的有奖配音活动，下一个配音达人可能就是你哦~

每天读一点 爱上阅读 享受阅读

快乐书香 | 每天读一点 世界动物文学名著 Ⅵ

海豹历险记

Hai Bao Li Xian Ji

【法】黎达·迪尔迪科娃/著

山东城市出版传媒集团·济南出版社

图书在版编目(CIP)数据

海豹历险记/(法)黎达·迪尔迪科娃著；铃兰改编. — 济南：济南出版社，2021.8(2023.11重印)

(每天读一点. 世界动物文学名著. Ⅵ)

ISBN 978-7-5488-4784-7

Ⅰ.①海… Ⅱ.①黎… ②铃… Ⅲ.①儿童故事—作品集—法国—现代 Ⅳ.①I565.85

中国版本图书馆 CIP 数据核字(2021)第 176167 号

出版人	崔 刚
责任编辑	张伟卿 肖 震 梁 浩
装帧设计	张 倩
出版发行	济南出版社
地 址	山东省济南市二环南路1号(250002)
编辑热线	0531-86131741
发行热线	0531-67817923 86922073 68810229
印 刷	东营华泰印务有限公司
版 次	2021年9月第1版
印 次	2023年11月第2次印刷
成品尺寸	148 mm×210 mm 32开
印 张	7.25
字 数	110千
印 数	5001—6500册
定 价	38.00元

(济南版图书，如有印装错误，请与出版社联系调换。联系电话：0531-86131736)

【特别推荐】

在历练中成长

《海豹历险记》是一本经典动物故事集,作者黎达·迪尔迪科娃(1899~1955年)是法国著名女作家,出生于捷克布拉格,热爱并从事过儿童教育事业,曾参与编写教育学方面的书籍。

黎达与法国出版家保罗·福谢结婚后,移居巴黎。因熟悉儿童、热爱儿童,她加入丈夫创设的"海狸爸爸编辑部",开始创作儿童故事。

黎达创作了很多动物故事,每一个故事,都深受孩子和家长们的欢迎。在法国,没有哪个孩子不知道"海狸爸

海豹历险记

爸编辑部",没有哪个孩子不喜欢黎达笔下的动物。

《海豹历险记》由 7 个故事组成,分别是《海豹历险记》《棕熊学本领》《红毛小精灵》《春天的信使》《小野兔飞陆》《会走的毛栗》《溪谷的翠鸟》。

《海豹历险记》描写了一群生活在北极的漂亮的海豹,在波澜壮阔的北冰洋里历险,最终寻找到一个安全的栖息地。它们长途跋涉,在能撞沉海轮的大浮冰之间穿行,躲避着鲨鱼和北极熊的袭击,逃过爱斯基摩人的捕杀……它们历尽千辛万苦,克服重重障碍,最终找到一片和谐美丽的乐园。

我们跟随海豹群的迁移轨迹,可以观赏到一幅幅奇异的北极风光,了解到北极的地理常识、季节更替、气候变化以及这一地区各种动植物的生活习性,身临其境地感受到北极圈的日晕、北极光、极昼、极夜和大风暴等大自然的奇异景象。

《棕熊学本领》描写了森林里两只可爱的小棕熊如何在妈妈的教导下茁壮成长的故事。小棕熊是如何学会听、嗅、爬树、刨土、搏斗、游泳、奔跑等生存技巧的?如何在棕熊妈妈的鼓励下变成勇敢坚强、独立自主的大熊的?棕熊为何喜欢偷吃蜂蜜?它们又是怎样捕鱼的?这个故事,非常有趣,让你在轻松快乐中增长知识。

《红毛小精灵》讲述了松鼠一家在森林里的生活故事。它们怎样躲过重重危险？它们如何找到一个安全、温暖又宽敞的巢穴？它们怎么筑巢？它们为什么能在树与树之间纵身跳跃自如？它们为什么从高高的树顶跳到地面却毫发无伤？它们怎样逃避黄鼠狼的捕猎？它们又是怎样涉水渡河的？这就是《红毛小精灵》所要告诉你的故事。

从这个故事里，我们可以了解松鼠尾巴的神奇之处，也能了解到森林里其他动物的情况，知道谁是松鼠的朋友，谁是它们的敌人；它们喜欢什么，害怕什么；什么才是它们的快乐源泉。

《春天的信使》就像一位老师，带领我们在树林里漫步，告诉我们：小杜鹃是如何长大的？杜鹃妈妈如何从早到晚在树林里捉害虫，从而保护树木的？杜鹃妈妈不会孵卵，自己的卵是如何放在其他鸟儿的巢里，托人家代孵的？这个故事告诉我们，大自然是多么神奇，鸟类世界有多么奇妙。

《小野兔飞陆》描写了一只年轻的野兔在平原上的有趣冒险故事。对于兔子，我们并不陌生，那么，野兔在遭遇危险时，是如何凭智慧保护自己的？这个故事不仅可以让我们了解野兔的习性，也会大大激发我们对自然界的好奇心。

《会走的毛栗》透过刺猬的视角，向我们描述了菜园

海豹历险记

里的小动物是如何生活的。故事以季节为顺序，展示了菜园里的有益动物和有害动物，让我们知道小刺猬是如何勇敢地和蝮蛇战斗，机警地逃过吉卜赛人的追击，并在菜园里快乐地生活。

《溪谷的翠鸟》的故事发生在小河边。故事以第一人称从人类的角度，讲述了一对相亲相爱的翡翠鸟如何一起捕鱼、筑巢、躲避危险；当一只鸟儿死去后，另一只是如何绝食，演绎了翠鸟同生共死的爱情故事。作者用细腻的笔法，描写了小河上的小桥、平静的河面、翠鸟蓝色的翅膀、蔚蓝的天空、绿色的草地……文字唯美，富有诗意，带领我们进入一个宁静恬淡的世界。

这些故事生动地展现了自然界的真实面貌，每种动物形象都栩栩如生，不仅描绘了这些动物的特征和生活习性，还告诉我们动物世界里许多鲜为人知的秘密。

在成长过程中，我们会遇到各种各样的问题，也许会遭遇意想不到的磨难，有人昂首挺了过去，有人从此一蹶不振。生命尽管有长有短，但只有历练才能让生命丰富而有内涵。温室里的花朵是开不长久的，我们在成长过程中，会经历许多磨难，只有脚踏实地，乐观、积极、向上地面对生活，用心写下自己的人生轨迹，才能成为别人眼中不一样的风景。

目 录

微信扫码
☑ 观看动物百科
☑ 加入话题讨论
还可以参与配音达人活动哦

目　录

 海豹历险记

第一章　好海的成员 / 002

　　在波澜壮阔的北冰洋里，生活着一群漂亮的海豹，它们在大浮冰之间穿行，年轻的海豹把这里称为"好海"……

第二章　海豹的游戏 / 009

　　北冰洋的气候与陆地不同，这里一共有几个季节呢？在不同的季节，小海豹们在做什么呢？

第三章　可怕的敌人 / 015

　　世间总有数不清的意外，小海豹们在成长的过程中，会遭遇什么灾难？

第四章　鲑鱼的诱惑 / 021

　　为了找到食物，海豹群跟随一群鲑鱼逆流而上，在河海交汇处，遇到一处石壁，它们在这里遭遇了什么？

海豹历险记

第五章　幸福的乐园 / 028

为了躲避因纽特人的捕猎，海豹群决定集体迁徙，它们在远征途中，又遇到了哪些危险呢？

棕熊学本领

第一章　母棕熊醒了 / 038

春天来了，棕熊妈妈终于从冬眠的树洞里钻了出来，它有什么变化呢？

第二章　一对熊宝宝 / 042

刚出生的熊宝宝是什么样子呢？

第三章　长子贝斯登 / 045

棕熊妈妈还有一个两岁的大儿子，它能帮妈妈做什么呢？

第四章　森林的快乐 / 049

在森林里，小棕熊可以找到许多乐趣，它们会玩什么游戏呢？

第五章　两个好学生 / 052

两只小棕熊在学习过程中表现如何呢？

第六章　过冬的准备 / 055

冬天即将到来，面临冬眠的棕熊会做哪些准备工作呢？

第七章　侦察小能手 / 059

5个月之后，又是一年春天到来，这些小棕熊又经历了什么呢？

002

目 录

第八章　蒲吕的盛宴 / 063

蒲吕第一次吃到蜂蜜，它表现如何呢？

第九章　捉鱼与藏鱼 / 068

小棕熊在成长的过程中，要学会很多技能，捕鱼也是其中一种。

第十章　开心的一天 / 071

蒲吕独自生活的一天，做了些什么呢？

第十一章　长大的棕熊 / 075

两只小棕熊终于长大了，它们又会遇到什么有趣的事情呢？

红毛小精灵

第一章　跳树小能手 / 080

生活在森林里的小松鼠，有哪些与众不同的习性呢？

第二章　松鼠小宝宝 / 083

松鼠妈妈快要生产了，它需要一个更大更舒服的巢，筑一个舒服的家，它们能顺利找到地方吗？

第三章　松鼠的邻居 / 087

小松鼠一天天长大了，妈妈开始教导它学习生存的本领，它们要学的第一项本领是什么呢？

第四章　松鼠的天敌 / 091

在森林里生活的松鼠，虽然非常快活，但它们也有害怕的天敌，松

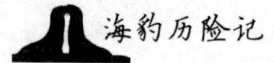

鼠宝宝遇到的第一个天敌是什么呢?

第五章　松鼠学本领 /095

8个星期的小松鼠们开始学习成年松鼠的所有技能,它们学得怎么样呢?

第六章　翎翎遇险情 / 099

小松鼠们在森林里快乐地游玩,没想到,翎翎再次遇到了危险……

第七章　新家的食物 / 103

因为守林人的出现,松鼠一家居住的地方不再是安全之地,它们全家只好寻找一个新家,它们找到了吗?

第八章　逃回大森林 / 109

冬天到来之前,森林里的松鼠们开始为过冬做准备,它们会怎么做呢?

 **春天的信使**

第一章　春天的森林 / 114

春天来了,森林里来了许多鸟儿,小牧人也开始做柳笛了……

第二章　杜鹃的尴尬 / 120

每当听到杜鹃的歌声,森林里的鸟儿就很生气,鸟儿们为什么不喜欢杜鹃呢?

※ 目 录

第三章　童年的故事 / 127

春天是鸟儿们出生的季节，森林里一下子热闹了起来……

第四章　哺育的辛苦 / 131

杜鹃在鸟儿们心目中，是令人讨厌的坏家伙，但它也不是一无是处，它有什么益处呢？

第五章　留守的杜鹃 / 137

冬天来临之前，鸟儿们开始为迁徙做准备，小杜鹃因为长得太大，卡在巢里出不来，后来它怎么样了？

 **小野兔飞陆**

第一章　野兔学觅食 / 146

飞陆是一只刚出生的小野兔，可是妈妈只照顾了它半个月便走了，它是如何活下去的呢？

第二章　遇见小美女 / 152

小野兔在独自生活中，会遇到哪些动物呢？

第三章　一对小情侣 / 156

野兔飞陆遇到母兔金莲后，它们在一起相处得怎么样呢？

第四章　美好的爱情 / 161

有一天，野兔在田里遇到了猎狗的追击，它们能躲过去吗？

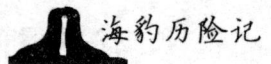

 **会走的毛栗**

第一章　菜园的生灵 / 168

菜园里的青菜上，长满了小害虫，也有许多小动物，是哪些呢？

第二章　刺猬的食物 / 171

菜地里有许多害虫，小刺猬喜欢什么时间出来觅食？它们又喜欢吃什么呢？

第三章　刺猬休息 / 176

太阳出来了，忙碌了一夜的小刺猬要找地方休息了，它们会在哪里睡觉？

第四章　小刺猬遇险 / 180

有一天，刺猬遇到蝮蛇和吉卜赛人，生命受到威胁，它能逃离危险吗？

第五章　刺猬长大了 / 186

秋天到了，小刺猬要为过冬做准备，它们做了些什么呢？

 **溪谷的翠鸟**

第一章　小河流水 / 192

春天，河里的冰早已融化，河水开始哗哗地流淌起来，小河会经过哪些风景呢？

目 录

第二章　翠鸟的生活 / 197

小白桥下有一个山谷，我把那里当成自己的地盘。没想到，有一天，我却被一只鸟儿赶走了，是什么鸟儿如此大胆呢？

第三章　翠鸟结婚了 / 201

翠鸟结婚了，它的家将安在什么地方呢？

第四章　翠鸟去世了 / 207

翠鸟一天天老去，有一天，翡翡去世了，它的妻子会怎么办呢？

# 海豹历险记

微信扫码
✓ 观看动物百科
✓ 加入话题讨论
还可以参与配音达人活动哦

 海豹历险记

第一章　好海的成员

在波澜壮阔的北冰洋里,生活着一群漂亮的海豹,它们在大浮冰之间穿行,年轻的海豹把这里称为"好海"……

北冰洋位于北极圈内,气温常年很低,经常有暴风雪,气候条件相当恶劣。作为地球上的大洋之一,北冰洋是其中最小、最冷的海洋。尽管气温很低,但并不能阻碍许多物种在这里繁衍生息。

陆地上,成千上万的北美驯鹿、麝牛、北极兔、北极狐、北极狼、北极熊等在这里生活,鸟类也非常多。而在辽阔的北冰洋海域中,也生活着许多珍稀物种,譬如茴鱼、北极狗鱼、灰鳟鱼、胡瓜鱼、长身鳕鱼、白鱼以及北极鲑鱼等。

我们今天故事的主角,是一群生活在这里的快乐的海豹。这群海豹就像一个大家庭,有大有小,有老有少。其中,最小的海豹才刚刚出生半个月,浑身上下长满了微微卷曲的白色绒毛,除了吃奶,还会吃雪。有些海豹长得很胖,它们已经很老了,长着长长的胡须,皮肤开始下垂,下巴都有三层皱褶了。它们非常懒散,总是一副睡不醒的样子。

在这个海豹群里,还有一些是海豹妈妈,它们负责照顾自己的小宝宝们。这些成年海豹中,各个年龄段的都有,它们是一个家庭的亲戚,有海豹爸爸、海豹伯伯、海豹叔叔、海豹婶婶、海豹爷爷、海豹奶奶、海豹曾祖父、海豹曾祖母……最好看的海豹当属那些只有二三岁的年轻海豹,它们浑身上下长着蓝色的皮毛,体态健美,像传说中的海神和人鱼一样好看。

世界上的海豹主要分为北极海豹和南极海豹两大类群。细分起来,北极海豹的品种又比南极海豹多一些,这里的海豹属于格陵兰的北极海豹种,是北冰洋里最著名的族群,它们的祖先曾经统治过广袤的海域。

随着年龄的增长,有些海豹的背脊上会长出一丛丛深色的毛,看上去好像卧倒的竖琴。海里其他品种的普通海豹,在海里碰到这种有着高贵特征的海豹,都会不由自主地对它们表示出敬佩和尊重。

这群有高贵血统的海豹跟其他海豹群一样，也有一位领头海豹，它们的领头海豹名叫达格。陆地上的动物头领通常是族群中最强壮、最勇猛的雄性成员，海豹群的头领则不同，通常由年龄最大的雄性海豹担任。

达格就是族群中年龄最大的海豹，它身体最肥胖，皮毛最厚实，头脑也是族群中最聪明的。每当海豹群遇到危险时，达格都会最先发出低沉而沙哑的警报声，及时提醒海豹群，让它们尽早躲避。

平时，头领达格会尽心尽力地打理族群的琐事，譬如调解族群里海豹之间的纠纷，指导年轻的海豹妈妈们照料年幼的孩子，对有些不喜欢守规则的小海豹加以教导等。

达格虽然年龄很大了，但却非常勇敢，每逢大家集体出动的时候，它总是冲在最前面，不负头领这个身份。达格童心未泯，一点不认为自己老了，它很喜欢跟小海豹们一起玩游戏，也喜欢在旁边观看小海豹们飞速地互相追逐，看它们大呼小叫。达格看小海豹们学习捕捉猎物时搅得水花四起，心里别提多开心了。在众多子孙中，达格最喜欢聪明灵活的曾孙史可夫：它是一只机智勇敢却不鲁莽的小海豹，遇事谨慎小心；它身姿灵巧，在同龄小海豹中，无人能比。

史可夫捕猎的技巧已经掌握得非常好，只要是它看上的猎物，没有谁能溜走。史可夫也懂得如何保护自己，能够机灵地避开角鲨的追逐。而且在同伴遇到危险时，它总是毫不犹豫地挺身而出，为它们解困。

史可夫生得非常好看，皮毛在海水中呈现蓝色，在干燥的环境里，才会显出灰色斑点。它的腹部有一块月牙状的白毛，浸湿之后，它身上的皮毛总是比其他堂兄弟们的皮毛显得更蓝。它的眼睛像天上的星星一样闪闪发亮，比北极上空的夜色还要美丽。

史可夫有4个非常要好的小伙伴，它们分别是喜欢冒险的斯伦、捕鱼能手贝卡、擅长观云听风预测气象的卡拉和擅长观星看月的"天文学家"奈格里。

在它们几个当中，史可夫的体形最为娇小，斯伦是除

海豹历险记

了史可夫之外最小巧、最伶俐的那个。它常常带着堂兄弟和堂姐们做一些急流冲浪游戏，能够敏锐地感知水流的大小、急缓，它对于水流的感知比其他海豹都敏锐，大家都夸它很聪明。

贝卡擅长寻找鱼群，特别是在探寻鳕鱼群和鲱鱼群方面，有独到的方法。它在水里游泳的速度很快，从水面潜入水底时，就像流星划过一般，转眼间海底的鱼儿就会被贝卡吞进肚子里。

卡拉最爱在恶劣的天气里出来玩耍，它擅长预测天气，它能在大雾里穿行，在大风中逆行，在大浪里搏击，在冰川上跳来跳去……它能预测未来三天的天气情况，如果预测到有风暴，它就会及时向大家报告。

在北极漫长的夜幕下，时常有一只小小的海豹在水面上静静地趴着不动，它仰望着天空中密密麻麻的星星，观察它们如何绕着北极星缓缓移动。有时，它会彻夜不眠，只为等候观赏黎明时刻初升的太阳，它的方向感非常准确，总是能够清楚地判断出东、南、西、北的方向，这只聪明的小海豹是谁呢？它就是被誉为"小小天文学家"的奈格里。

这群海豹生活在神奇的北极世界，洋面上漂浮着大大小小的冰山，远远望去，就像是陆地上的山川一般，高低起伏，无边无际，绵延不绝。这片被地理学家称为北冰洋的地方，在海豹的语言里，被叫作"好海"。

这里与其他地方明显不同，就是这里没有四季之分，只有寒季和暖季两个季节。一年当中，从6月开始到8月底为止，暖季的时间只有3个月，其余时间都是寒季。那时没有温度计，假如有的话，最冷的时候，温度表可能会显示-50℃以下。这么冷的气温下，很多物种无法生存，但海豹可以经受住这样的严寒。

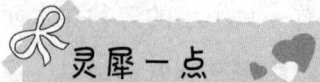 海豹历险记

灵犀一点

　　北冰洋里的海豹各有所长,它们相亲相爱,相互关照,冰冷的海洋便也成为它们幸福的乐园。我们人类之间也要相亲相爱,互相扶持。只有这样,世界才能成为充满爱与美的乐园。

微信扫一扫
一起来揭秘动物大百科吧!

第二章 海豹的游戏

北冰洋的气候与陆地不同,这里一共有几个季节呢?在不同的季节,小海豹们在做什么呢?

在北极世界短暂的夏季里,太阳会一直挂在天空中,整整3个月,红红的太阳似乎永远不会落下。是的,半夜里,太阳才会降到海平线上,又红又大像个圆盘。

人们如果以为落在海平面上的太阳会像其他地域那样落下,没入海中,那就错了。它最低的位置就是海平面,过不了多久,它又将重新升到空中,在天空中慢慢移动,像是在巡逻一样。到了半夜,太阳又会落入海平面的位置……这样周而复始,只有白天没有黑夜的时间会持续整整3个月,人们把这种现象叫作"极昼"。

从9月初开始,冬季渐渐到来,北极世界的太阳就会慢慢衰退，开始落入海平面以下。最初，只是消失很短的时候，从半小时到一小时，后来落下的时间越来越长，变为两个小时、三个小时……直到它24小时都不出现。它像沉睡在海洋中的懒孩子，越来越喜欢睡懒觉。

11月，它会在上午11点才起床，并慢慢爬上天空，下午两点便落入海平面下睡觉。再后来，它干脆一直不见踪影，似乎一直睡在海里，整整三个月都不露面。这三个月里，北极世界只有黑夜，没有白天，太阳不会出现在天空中，只有月亮挂在天上，日日无休无止地在空中巡逻，人们把这样的现象叫作"极夜"。

不过，在这漫长的夜晚，太阳的光芒会偶尔从地平线上忽然照射出来，如在天空中闪电般画出一条条、一圈圈或一片片变幻莫测的美丽的彩色光晕，人们把这样的光晕称为"北极光"。

夏季到来的时候，白雪开始融化，大冰山的边缘也慢慢地裂开，渐渐开始消融，一块块脱落下来，发出吓人的冲击声。随着气温升高，覆盖在小岛屿上的冰川层，也会掉下许多大大小小的冰块，它们全都滑进北冰洋里，海平面也跟着涨高，海洋顿时醒了过来，原本平静的冰面，变成汹涌的波涛，裹挟着大大小小的冰块，奔涌向前，向南方流去。

海豹历险记

寒季已经接近尾声，北极的长夜刚刚结束。太阳红着脸庞，像个羞怯的少女，重新升到天空。在厚厚的雪层之下，覆盖着像镜面一般平滑的大块浮冰，一望无际，向天边延伸到很远很远。

在北冰洋上，有许多大大小小的岛屿，其中，在一个大岛屿下，有许多蓝色的小海湾和粉红色的小岬角，散布在海峡上。一群群大大小小的鳕鱼，聚集在海湾中，游来游去。

此刻，是海豹的幸福时光，达格和它的家人们过上了舒舒服服的捕鱼生活。它们很容易就能捕获一条条鲜美的鳕鱼，每天都吃得饱饱的。很快，它们的身体便吃得胖乎乎的了。

年轻的海豹在积雪上快乐地玩耍嬉戏，它们乐此不疲地做着海豹一族流传千百年的游戏，不时发出快乐的呼声，整个北冰洋都洋溢着欢腾的气氛。不过，它们大部分时间还是在海里度过的。

海豹历险记

史可夫和它的小伙伴们每天吃饱饭后,就开始做各种游戏。在它们的游戏项目中,最受欢迎的是传球游戏。它们把吃不了的鲱鱼当作"鱼球",你看,贝卡用头顶起鱼,使劲挑到空中,小伙伴们便开始跳起来,争相抢夺……

它们还爱玩"跨栏跳海豹"游戏,就是一只海豹游在前面,另外一只追上去从它身上跃过,然后照直向前冲去,直到先前那只追上来,再次跃过它的身体,继续向前飞奔……

还有一个游戏,它们也会经常玩耍,那就是"捉鱼比赛"。通常情况下,斯伦、卡拉、奈格里还有别的海豹,先在浅水处挑选出一条游鱼作为目标,接着它们便拉开距离,一字排开,而后一齐跳下水去追捕游鱼。它们争先恐后地朝着目标快速追击,你争我夺互不相让,最先抢到那条鱼者为胜。这是一种抢时间、比速度的潜水竞赛,最擅长这个游戏的是史可夫,最后赢得胜利的多数是它。

而贝卡则是玩"抢鸟食"游戏的高手,它在玩这个有趣的游戏时,有一手绝招。它会紧紧地盯着在波涛上盘旋飞翔的海燕,当看准一只收起自己的银色翅膀去捕捉一条鱼的海燕时,它会像闪电一样飞快地俯冲下去,连鸟带鱼一起捕获到手。

一般海豹潜水的正常纪录是 20 分钟,史可夫可以超过多数海豹，达到 30 多分钟，且一再打破纪录。史可夫在潜水时，鼻孔会紧紧关闭，直到它那逗人的面孔浮出水面，张大鼻孔深深地吸一口气。随即它又潜入水中，速度之快，甚至大家都来不及看一眼它那卷曲的胡须和美丽的眼睛。

平日里，史可夫和它的小同伴们喜欢在大浮冰下面游来游去，只有需要换气时，它们才会用坚硬的头使劲撞击冰块，然后从撞开的冰洞里探出头来，用前爪扒开浮冰，然后将头伸出冰面，深深地吸一口气。或者它们感觉闷了，也会用这样的方法，将脑袋探出浮冰，在水面上透气。

年轻的海豹通常会很活跃，它们好奇地睁大眼睛，学着成年海豹的样子，紧紧地闭上鼻孔，有时潜入深深的海水中，在绿色海藻里捕捉鱼虾，有时游到海底的暗礁缝隙中，去掏海胆鲜美的肉来吃。它们还会潜入海底平坦的沙

海豹历险记

滩上，捕捉贝类和海星，撬开坚硬的贝壳，吃它们鲜嫩的肉。

年轻的海豹们成群结队地游到很远的地方，寻找更多水世界里的奇异海珍。当这群快乐的海豹们完成旅行，从遥远的海域回到家园，海平面上亮晶晶的冰块就会被这群海豹搅得翻来覆去，海洋中到处充满着欢声笑语。

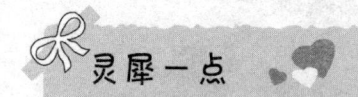

灵犀一点

在不同的季节，小海豹们的游戏也有所不同。适者生存，无论这里的气候与环境多么恶劣，它们总能找到自己的乐趣。只有在逆境中保持乐观积极的人生态度，才能创造更加美好幸福的人生。

第三章　可怕的敌人

世间总有数不清的意外，小海豹们在成长的过程中，会遭遇什么灾难？

然而，世间总有意想不到的事情发生，谁也不知道意外和明天哪个先来。4月的某一天，不知从哪儿游来几条巨型角鲨，它们看到这些漂亮的海豹，杀心顿起，对海豹展开了猎杀。

只见大角鲨张开大嘴，一下子就把12只小海豹吞进肚子里。这时，跟随大角鲨而来的身长达3米的旗鱼也对海豹群发起进攻，有5只海豹被利剑一样的旗鱼上颚刺死，随后成为它们腹中的美食。斯伦带领的海豹远游探险队，则中了海象的埋伏，在它们奋力冲出包围圈的过程中，又有9只小海豹不幸丧命于海象的尖牙之下。

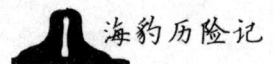

　此后，这群海豹再也无法恢复到原来那样快乐悠闲的生活状态，史可夫、斯伦、卡拉等小海豹经此一劫，一下子长大了，它们感到肩负的重任，一门心思想为它们死去的堂兄弟、堂姐妹们报仇。看到小海豹们情绪如此激昂，海豹妈妈们有些担心，它们主张离开这片危险的海域，以确保海豹群的生命安全。

　年老的达格一时拿不定主意，不知道该怎么办才好，因为天气突然冷起来了。就在几天前，这片海湾还是畅通无阻的，现在却开始结冰了，水面上的冰一直凝结到海岸边。

　看到海面上的浮冰，海豹们心里明白，这些浮冰会限制它们的活动，很快，它们将被浮冰禁锢在水下。

　为了能呼吸到更多的新鲜空气，它们开始打扫通气洞里的积雪，并且尽力扩大其中冰面较薄的一些冰洞。与此同时，它们在冰上挖出许多纵横交错的隧道，做成防御袭击的隐蔽所。

　有一天，一群北极熊出现在冰面上，海豹们连忙潜入水底，它们透过通气洞，看到几只白熊在冰面上走来走去，来来回回地徘徊了好一会儿，然后穿过茫茫冰原，去远方旅行。

　接连几天没有看到北极熊的影子，史可夫忍不住带着

海豹历险记

奈格里和其他几个小伙伴跑到浮冰上面,想呼吸一些新鲜空气。正在这时,它们看到茫茫冰原的远方有一个黑点在移动,那个黑点逐渐放大,越来越近。很快,它们看清那个黑点是一辆雪橇,有12只狗拖着那辆雪橇,正朝它们这边跑来。雪橇上坐着两个人,一个人坐在前面驾车,另一个人站在后面。

小海豹们惊慌失措,吓得连忙钻进冰洞里,潜入水底躲藏起来,只有胆大的史可夫没有逃走,它藏在自己洞口附近的一个雪坡后面,偷偷看着那辆雪橇,观察着雪橇上面人的动向。

拉雪橇的狗停了下来,上面的人走下雪橇。他们长着一副浅黄色的脸孔,脸盘很大,眼睛很小,脸上的皱纹明显是经过风吹日晒的产物。史可夫从他们厚兽皮做成的装束看出,他们正是喜欢捕猎海豹的因纽特人。

海豹历险记

因纽特人给一条狗解下链绳,让它在冰上随意搜寻,那条狗低下头,用鼻子不停地嗅着雪。

突然,那条狗停在一个冰块旁边。那两个因纽特人见状,连忙跑过来,站在那里一动不动,耐心地守候了很久。最后,那个高个子的因纽特人举起渔叉,用力将鱼叉刺入冰洞中,随后,他们两个人拉着渔叉上的绳子,把一只大海豹拖上了冰面。

那只藏在冰面下的海豹被渔叉刺伤,血淋淋的,哀叫着,挣扎着。那个小个子的因纽特人拔出尖刀,朝海豹颈窝里一刺,一下子结束了那只海豹的性命。血从海豹的脖颈处流出,两个因纽特人扑到海豹身上,大口大口地吮吸着从伤口处涌出的鲜血。

随后,两个因纽特人开始分解海豹的尸体。他们先把海豹的皮完整地剥下,那张皮就像一张毯子一样,被他们卷成一团。接着,他们开始切割海豹的肉和脂肪,他们把那只海豹平均切成4份,装进肩上的两只大口袋里。剩下一些零碎的肉和骨头,留给了早在旁边等候半天的海燕。那些海燕十分贪吃,不一会儿,就把冰面上的海豹肉吃得干干净净。

满载而归的因纽特人,重新登上雪橇,他们一边唱歌,一边驾着雪橇,很快消失在远方。只有他们自己即兴编唱的歌声，在冰面上回荡：

我已冻得发抖，
他也饿得要命。
多谢海豹朋友，
鲜血救我性命。

假如没碰到你，
早已葬身雪里。
幸有豹肉点心，
供我孩儿充饥。

海豹油可点灯，
夜晚给我光明。
衣服、手套、皮靴，
豹皮都能做成。

燃油给我温暖，
皮可包我小艇。
海豹浑身是宝，
真是我的朋友！

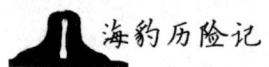 海豹历险记

史可夫目睹了因纽特人屠杀自己同伴的全部过程，吓得浑身发抖。它躲在浮冰下面，赶紧向水里其他海豹发出警报，让它们潜入深水处。这一天，多亏史可夫的及时警报，其他海豹再没有遭到毒手。

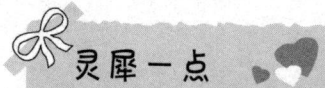 灵犀一点

灾难来临的时候，机智勇敢的史可夫及时给族群其他海豹发出警报，避免了更多的伤亡。临危不惧、勇敢顽强也是成就非凡人生的必要素质和必备品格。

微信扫一扫
一起来揭秘动物大百科吧！

海豹历险记

第四章 鲑鱼的诱惑

为了找到食物,海豹群跟随一群鲑鱼逆流而上,在河海交汇处,遇到一处石壁,它们在这里遭遇了什么?

此后的几个星期里,冰原上浓雾弥漫,能见度很低,因纽特人无法出航捕猎海豹,海豹们得以喘息,又过上了好多天的太平日子。

在这段时间里,它们这群海豹中,又出生了36只海豹宝宝。为了它们的安全,海豹妈妈们便把掩避所加以扩大,好让小宝宝们也能居住在里面。

黑夜渐渐短起来,天气渐渐暖和了,雪融化了,暖风也吹了起来。一块块大浮冰开始碎裂,海洋从沉寂中苏醒了,潮流冲着一块块的大冰块,发出震耳的响声。广袤的冰原碎成许多冰块,像一只只大大的木筏,沿着海岸漂流

海豹历险记

而去。

海豹爷爷和海豹奶奶们安心地晒着太阳。不久，海豹宝宝们就断了奶。它们卷曲的白色绒毛渐渐变成了漂亮的灰毛。海豹宝宝们出生25天之后，就已经学会游泳了。

然而，天有不测风云，灾难再次降临到这群海豹的头上：它们所喜欢的鳕鱼已经离开了这一海域，海鸥、海燕也飞走了，它们再难捕获到足够的食物了。

海豹伯伯、叔叔、姑姑、婶婶们一天天瘦了下去，年轻的海豹堂兄弟、堂姐妹们常常吵闹着，不懂事的小海豹们不断喊着肚子饿。这群海豹只好离开这片贫瘠的海域，离开那些木筏一样的浮冰，浩浩荡荡出发到远方，去寻找食物。

这群海豹一气游了两天两夜，第三天早晨，充当前哨的贝卡忽然向后面的同伴发出一个信号，告诉它的同伴们，前面有一大群鲑鱼。

这群鲑鱼大约有 10 万条，像一支浩浩荡荡的大军，按照鲑鱼的家族规矩，从大到小，依次排列，大鱼在前，小鱼在中间，最小的鱼在后面。

饿了几天的海豹看到眼前的美食，顿时兴奋起来，奋不顾身地向那群鲑鱼发起猛烈的攻击，狼吞虎咽地捕食鲑鱼。海豹们前呼后拥，多次向鲑鱼群发起攻击。每次被攻击过后，鲑鱼们都会很快把散乱的队伍整顿好，继续沿着既定的方向前行。

海豹们紧跟其后，跟着鲑鱼群迁徙的方向前进，饿了便向它们发起袭击。

第三天傍晚，海豹群跟着鲑鱼群来到一个小海湾，那里正是一条大河的入海处。那支鲑鱼队伍奋勇向前，朝着大河游去，海豹们仍然跟在它们后面，紧紧地盯着它们的一举一动。

逆流而上的鱼群进入了渐渐狭窄的河谷，在大河两岸，聚集着数不清的红脚海鸦，鲑鱼们的前峰已经游到一座高耸入云的石壁前，从石壁上冲下来的河水形成了瀑布似的激流。

鲑鱼们并没有退缩，它们继续跳跃着逆流而上，此时，海豹们再也无法继续追赶那些鲑鱼，它们的跳跃能力

海豹历险记

不及鲑鱼，只好眼巴巴地看着那群鲑鱼继续向上游游去。

海豹们只好放弃这些到口的美食，转身向大海游去。海豹伯伯、海豹叔叔、海豹姑姑、海豹婶婶们早已经吃饱了，它们原本可以和年老的海豹们一起安静地休息，或者和年轻的海豹去捕捉贝类，但是它们被石壁上的海鸟蛋所吸引。如果它们只在岸边几级台阶上停留也就罢了，即使有什么危险，它们也可以马上跃入水中，但是，它们为了吃海鸟蛋，越爬越高，离海平面越来越远，不知不觉爬到石壁顶峰！不幸的事情就这样发生了，石壁顶上，忽然出现了6个白人男子，他们手里拿着又粗又短的棍子，朝着吃海鸟蛋的海豹们的脑袋狠狠地一顿乱打，很多海豹当场毙命，其余的海豹一边哀嚎着，一边拼命逃走，狼狈地滚下石壁。

在这场混乱的败退过程中，头领达格看见一个白人跑到海边，一边大声叫喊着，一边使劲地挥舞着手臂。达格看到小海湾的北侧停着一条轮船，船身一半露在岩石外面，一半在岩石后面。三根桅杆高高地耸立在巨大的船上，船尾飘扬着一面蓝底黄十字旗。

达格带着海豹群径直朝南方游去，它们一刻都不敢停留，一直逃到安全的地方。

之后，达格爬到海面上的一块大浮冰上面，招呼所有的族群成员，召开了一个全体会议。

达格说："好海已经不像我年轻的时候那样安全了，以前，虽然海豹群也曾遇到过不少凶恶的敌人，比如白熊和角鲨，以及从不放过我们的因纽特人，但是现在，白人也来了，他们从温暖的海洋中赶走了我们的祖先之后，如今又跑到我们的家里，进行大规模的捕杀活动，我们不得不再次搬家了，以便躲避那些残忍的白人们。"

达格叹了一口气，接着说："很久以前，我曾经听奶奶讲过，它和一头鲸鱼交上了朋友。有一次，那条鲸鱼告诉我奶奶，每年解冻的时候，海洋里会有一股潮流向西奔涌，将许多浮冰带往西方。如果顺着这股潮流一直走下去，经过7座岛屿之后就会到达一个叫作'暴风圈'的地方，那里险象环生，白熊和人类都不敢靠近那个地带。"

海豹历险记

达格话音刚落,卡拉抢着说:"我听风说过,'暴风圈'只有最勇敢的海豹才能够穿越……"

奈格里也喃喃地说:"我夜观天象,从星象里观察到,穿过'暴风圈',会有一个非常安宁而美丽的岛屿……"

斯伦说:"我熟悉流向那里的潮流,能够带领大家安全通过……"

"亲爱的后辈们,你们都很聪明,掌握了天文、地理、气象、洋流等知识,知道了大自然的奥秘。"达格高兴地说,"希望这些知识能够保护你们……在那和平的岸边,希望我们可以幸福地在那个岛上生活。可是,它离这里实在太远了,一路上还会有许多的暗礁呢!我觉得自己太老了,不能再给你们领路了……我提议,由史可夫承担起头领的责任,给大家带队,所有愿意前去的,可以跟随史可夫一起前行。我相信史可夫,去吧,大家跟它去吧,它会带领你们找到那个地方的!"

达格说完之后,大家安静了好一会儿,年轻的海豹们一起发出热烈的欢呼,它们都愿意跟随史可夫一起长途旅行。年老的海豹们对于改变环境,则有些犹豫不决。海豹妈妈们为了它们的小娃娃,对于这次冒险行动有点忐忑不安……看到这种情形,史可夫大声说道:"如果小宝宝们的父母愿意带着孩子跟我们一道去,我们远征队里的小伙子们会在前面充当先锋,为大家开辟道路,排除各种危险。我们不怕暴风,会竭力保护大家的,保证一起到达那个幸福的岛屿。"

在史可夫的鼓励下,大家最终下定决心上路了。

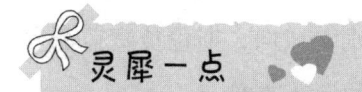

灵犀一点

面对人类的追击,海豹群不得不做出一个决定,那就是离开它们从小生活的家园,寻找未知的乐土。未知的乐土,未知的领域,隐藏着未知的风险,但也会带来重大的机遇。我们应当具备勇于开拓的精神,在未知的乐土上创造一个美丽的新世界。

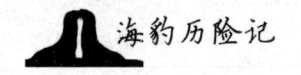

第五章　幸福的乐园

为了躲避因纽特人的捕猎，海豹群决定集体迁徙，它们在远征途中，又遇到了哪些危险呢？

这一年的整个夏天，这群海豹都在旅途中度过。

奈格里随时根据空中太阳运行的轨迹，来指引海豹群前进的方向。卡拉负责随时辨别着风向，斯伦负责监测着水流的速度，以便调整海豹群的运动速度。

在路上，它们遇见一个岛屿，岛上罩着一座大冰山。大冰山已经开始解冻了，亮晶晶的大冰山，向着大海深处移动，不时发出震耳欲聋的巨响。

原来，阳光把冰山的表面融化了，一块块冰壁崩塌下来，顿时在海中激起冲天的水柱和滔天的巨浪。这还只是它们途中奇景的一个开场，接着，那些冰山一座接着一座开始融化、裂开，在海里互相撞击，被撞的冰块不停地打着转。

海豹们并没有停止脚步，它们在这些百米高的冰山之间，小心地穿来穿去，一直游了半个月。接着，它们跟随那股冲着浮冰的洋流，改变了前进的方向，朝着北方游去。

还有一些冰山，被别的洋流裹挟着带往南方，散落在航线上，形成许多流动的暗礁。

这群漂泊的海豹，在长途跋涉中遇到了许多危险，但他们毫不畏惧，甚至还战胜了一头白熊，那真是一次难忘的战例！有一天，奈格里正在一块浮冰上晒太阳，一头躲在冰块后面的白熊突然纵身跳了出来，伸出巨大的爪子，猛地向奈格里拍去。奈格里受了伤，一下子跌进了海里。

海豹历险记

白熊跟着奈格里钻进水里。附近的史可夫看见这一幕，不顾自身危险，立刻大声地向海豹群发出警报，其他海豹们闻声赶来，把白熊团团围住，一场激烈的战斗就这样开始了。

白熊是陆地上的霸主，但在海里，它就不是海豹的对手了。凶猛的白熊几次三番想爬到浮冰上去，它尝试了20多次，最终都被海豹们拉进水里。

白熊走投无路，气得发疯，它大口大口地喘着粗气，号叫着，一次次向冰块上冲去，都没有成功。它只能在水里划动着四肢，直到筋疲力尽，动弹不得。这时，海豹们一拥而上，将白熊咬得遍体鳞伤，并死死地拖住它的皮毛，把白熊活活地淹死在海里。

海豹们杀死白熊以后，士气大涨，它们继续前进。由于奈格里受了重伤，不能游泳了，它们就分批坐在浮冰上，划动海水，推着浮冰前进。直到奈格里的伤口痊愈，它们再次顺着水流向前游去。

一路上，海豹们多次看见倒映在水中的空中幻景。还有许多次，海豹们看见终夜不落的太阳，在午夜里把灰白色的海水和浮冰照得金碧辉煌、光芒四射。它们还遇见了许多奇妙的动物和喧闹的小海豚群、五彩缤纷的野鸭群交错而过。它们还碰到过两只身上长着斑点的独角鲸用自己的长角进行格斗。

很快,海豹们就游到了第一座大岛,它们迫不及待地上去玩耍起来。那岛上长满柔软的青苔和红色的地衣,几头驯鹿和麝牛在低矮的柳树和瘦瘦的枫树间吃草。

海豹们玩够了,离开了它们遇到的第一座岛屿,继续向前游去,很快到达第二座岛屿。在第二座岛屿上,有许多的北极狐和狼转来转去,海豹们感觉不安全,它们赶紧离开,选择继续前行。

第三座岛屿旁边的土地非常潮湿,蚊虫成灾,它们不堪其扰,没有过多停留,选择继续前行。

第四座岛屿上有成群的旅鼠,它们的经过之处,把一切可吃的东西都吃得精光,其他动物根本无法生存,海豹们自然不能逗留。

就在它们筋疲力尽之时,它们游到了第五座岛屿旁边,那里生长了许多矮小的醋栗,开着许许多多紫红色和黄色的花。它们对此不感兴趣,选择继续前行。

第六座岛屿非常荒凉,岛上什么东西都不长,并且非常寒冷。在荒凉的海滩上,堆着许多漂流来的残物和破木头,显然,这里也不适合海豹生存。

夏天过去了,在冬季冷汛来临之前,海豹们靠近了第七座岛屿。那是一个小岛,上面住着许多海鸥,它们是预

海豹历险记

报暴风雨的鸟。于是，海豹们鼓起勇气，坚定信心，勇敢地面对即将到来的大风暴。

海豹群离开第七座岛的第三天，史可夫和贝卡看到远处有一头巨大的鲸，不时出现在遮掩在地平线的一块大浮冰前，呼吸时从鼻孔中喷射出两条高高的水柱。

还没等海豹们欣赏多久，它们看到一条挂满风帆的大船在追赶这头大鲸，海豹们停止了前进，显出惊慌失措的神情。史可夫照顾着小海豹们，达格照顾着老海豹们，大家慢慢地向前游去。

就在这时，天空忽然乌云密布，一场暴风雨即将到来。它们看到从大船上放下一条小艇，5个白种人跳向小艇，快速地划着，去追赶大鲸。在逼近大鲸的时候，他们掷出一把锐利的大鱼叉，向大鲸身上刺去。

大鲸受到了袭击，调转身体，用尾巴奋力一甩，击中了小艇，一下子把小艇打得粉碎。小艇上的5个白人顿时被扫入海里。

这时，风越来越大，越刮越猛，大船一下子被吹到浮冰堆里，船上的帆被扯破了，大大小小的缆绳也被风吹断了，船上高高的桅杆倒了下来。海浪滔天，许多冰山互相碰撞，发出可怕的声响，好像在激战。

在这场大风暴中，天空昏暗，巨大的冰块随着浪涛此起彼伏，一会儿像水晶墙壁矗立在海中，一会儿倒塌下去，发出雷鸣般的巨响。

狂风在呼啸，在怒吼，它掀起两块巨大的浮冰，砸向那只大船，第一下船身被撞破了，第二下大船倾覆了，等到第三下，大船已被浮冰捣成了碎片，很快沉入海底……

狂风把大船尾上的那面蓝底黄十字的旗帜撕成了碎布片，吹到惊叫着的海豹群中。

卡拉大声叫着："风暴！可怕的风暴！"

史可夫大声发出命令："快！向前游，大家紧跟着我们向前游！"

于是，老老少少的海豹们在狂怒的大浮冰下面潜游着。

到了傍晚，风停了，海面上又恢复了往日的平静。海

海豹历险记

豹们松了口气,将头探出水面,在碎冰块的缝隙中,自由自在地活动,不用担心死亡的威胁了。

夕阳照在布满碎冰块的海面上,反射出五颜六色的光芒,好像一座倒塌了的红绿宝石宫的废墟。

海豹们累了,长途旅行让它们疲惫不堪,它们纷纷躺在林筏似的大冰块上休息,很快就睡着了。那些浮冰载着它们,慢慢地漂了整整一夜。

海豹们一觉醒来,只见太阳隐藏在云朵中,日晕围着双圈。在海豹们面前,是一个平静的大湖,大湖的中央,有一座美丽的小岛。

史可夫和它的堂兄弟、堂姐妹们最先看到了那个地方,立刻发出一阵欢呼。很快,那些长着胡须的老海豹们也看到了那座美丽的小岛,跟着欢呼起来;海豹妈妈们一边欢喜得流出眼泪,一边把海豹宝宝们推到水里。于是,这支海豹群向小岛游去。

它们围着小岛转了一圈又一圈,一边游一边发出震耳欲聋的欢呼。

这座小岛真是美极了!岛的四周是平坦的沙滩和岩石。岩石上栖息着美丽的海鸟和昆虫,它们发出轻柔的响声,整个岛好像是一件挂满绿色流苏的大白氅。美丽的雪峰就像一顶晶莹的冠冕,岛上的居民非常友好,都是友善的动物:猫头鹰在高高的树枝上鸣叫,鹧鸪和野兔躲在白色的灌木丛中,一切都是白色的。象牙色的身体、黑脚的海鸥和红嘴燕鸥一同在水面上飞翔,显得非常和谐。一群群小企鹅和大头的善知鸟排列有序,一行行地立在悬崖边上,好像一排排酒瓶。

湖边的岩石上布满了蓝色的海虹和各种各样美丽的贝壳。水面上,到处是一条条美丽的水纹,成群结队的鱼儿在水里自由自在地游来游去。

这是它们遇到的最美丽、感觉最幸福的岛屿了……

海豹们兴致勃勃地玩起了"鲱鱼球"游戏,这是贝卡最喜爱的游戏。还有许多游戏,它们也开始玩了起来。史可夫又发明了许多新的玩意儿,奈格里专心致志地观察着星象。它们过得非常快活,以至于卡拉再也没有兴趣去搞气象研究了,就连斯伦也放弃了冒险的念头,愿意一辈子

海豹历险记

待在这里。

没过多久,达格由于年迈和长途旅行的劳累,一病不起,不久后便去世了。史可夫接替它,正式成为这群海豹的新领袖,并且按照海豹家族的风俗,史可夫和8个年轻的堂姐妹们结为夫妻。在此后的日子里,史可夫成为一个贤明的头领,并且生了好多漂亮的孩子。

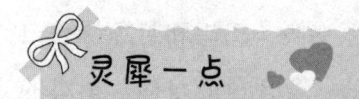

灵犀一点

历尽千难万险,海豹群终于找到一处没有战争和猎杀的小岛,幸福来之不易,它们小心呵护着这片土地,在这个和平安静的地方扎根立足,从此繁衍生息,日子过得快乐无比。幸福是奋斗出来的。只有奋斗不息,才能创造出幸福生活。

微信扫一扫
一起来揭秘动物大百科吧!

棕熊学本领

微信扫码
✓ 观看动物百科
✓ 加入话题讨论
还可以参与配音达人活动哦

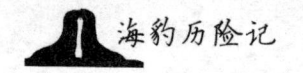

第一章 母棕熊醒了

春天来了，棕熊妈妈终于从冬眠的树洞里钻了出来，它有什么变化呢？

很久很久以前，在一个遥远的地方，有一片神秘的森林，经过一个冬天的沉睡，又恢复了往日的生机。春天来了，四面八方传来了杜鹃的叫声，它们飞来飞去，向人们传递着新春的信息，森林的居民们知道，春天已经来了。

这时，一个巨大的树根底下，露出一副惊讶的面孔，只见它的两只眼睛转个不停，一只粗大的爪子从树洞里伸了出来，这是熊的爪子，原来它是一头从冬眠中刚刚醒来的大棕熊。这头棕熊从树洞里慢慢悠悠地爬了出来，伸了伸懒腰，打了一个哈欠。

这头大棕熊名叫毛粗粗，它已经在这个树洞里睡了整整 5 个月。在这段漫长的岁月里，它不吃不喝，见不到阳光，一直在讲述自己的故事，并没有不停地睡觉。

久违的阳光，照得棕熊睁不开眼睛；呼吸着洞外新鲜的空气，它神清气爽，有些陶醉，有些飘飘然。

这只大棕熊打着哈欠，伸着懒腰，东嗅嗅西闻闻，感受着秋天落在树下的松针和地面上新生青苔的味道。然后，它低头看看自己身上杂乱、肮脏、有些粘手的皮毛，忍不住说道："泼希，泼希！瞧我怎么搞的呀？身上这么邋遢，是时候该收拾得干净些啦！"这头名叫毛粗粗的大棕熊，低声嘟囔着。

于是，毛粗粗开始拍打自己身上浓密的皮毛，又在地上打了几个滚，起身抖了抖身上的泥土和树叶，又开始用舌头舔着，梳理周身的皮毛，一直梳理到脚趾尖。

直到把周身的皮毛梳理得非常柔顺，它才心满意足地停了下来。然后它回过头，朝树洞里望去。原来，树洞里还有它的孩子——两只可爱的熊宝宝，一只名叫巴克，另一只名叫蒲吕。

突然，毛粗粗连招呼也不打，自顾自地奔跑起来。它跑到一堆乱石旁，在一棵倒下的大树旁停下脚步。它在乱石堆旁转了几圈，然后朝其中一个树洞走去，洞里住着它的丈夫布卡。它呼唤着丈夫的名字，开始时声音非常轻柔，后来越喊越响，最后简直是在怒吼了。

布卡终于出现在洞口，毛粗粗看到自己的丈夫，觉得它消瘦了许多。记得去年秋天，它还是一头强壮魁梧的大棕熊，身体沉重得可怕，走路时，脚下的树枝被它踩碎，地面上也会发出很大的响声。

毛粗粗心疼地说："亲爱的，你瘦多了！我可怜的老伴儿，你怎么瘦了这么多呢？"

"看看你自己，"布卡打了一个哈欠，瓮声瓮气地说，"在这5个月里，难道你就饿胖了吗？"

过了一会儿，布卡接着问道："森林里有什么新鲜事情发生吗？"

毛粗粗说："是的，亲爱的，一个新闻是春天来了，还有一个新闻……你猜猜会是什么？"

"什么新闻?"

"我们有了两只小宝宝,你一定想不到吧?那只雄的像你,雌的像我,长得很美很美呢!真是一对漂亮宝贝,可爱极了!你还不知道吧,它们的脖颈上长着一圈白毛,好像戴上了一条洁白的项圈,真是漂亮极了,还有……"

"行了,行了,还是等它们长大一些,你再来看我吧!"布卡毫不客气地打断妻子的话,便转身向悬岩攀爬而去。

灵犀一点

原来在冬眠季节,棕熊妈妈并没有安心地大睡一场,而是独自在树洞里生下宝宝,一直照顾着它们。母爱是温暖的,亦是深沉的。那伟大的母爱,足以驱散冬日的凛冽寒风,让世界沐浴在和煦的春晖之中。

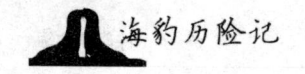

第二章 一对熊宝宝

刚出生的熊宝宝是什么样子呢?

棕熊妈妈生下的两只小熊宝宝——巴克和蒲吕,巴克是哥哥,蒲吕是妹妹,它们是在去年冬天出生的。那时,整个森林还在皑皑白雪的覆盖下沉睡着,各种野兽藏在洞窟里。在灰暗的天幕下,只有狼在大地上徘徊觅食,乌鸦在空中乱叫。

那时,棕熊妈妈毛粗粗独自躲在洞里,心情非常苦闷。小宝宝生下来后,它的情绪一下子好转了,变得快乐起来。

刚出生的熊宝宝小得可怜,只有老鼠那么大,它们双目紧闭,冻得浑身发抖。毛粗粗拖着疲惫的身躯,温柔地舔着它们,把它们抱在怀里,用自己的身体给予孩子们温暖。它用乳汁喂饱了两只小棕熊,没过多久,巴克和蒲吕就睁开了眼睛,渐渐有了小棕熊的模样。

当然,它们还会继续长大。到第二年冬天,它们会长成少年棕熊的样子;到第三年冬天,它们才能长得像大哥贝斯登那样。至少要到4岁,它们才可以被称为成年熊。

它们在很小的时候,就能听得懂妈妈的语言。当它们扯够了妈妈的皮毛,咬够了妈妈的耳朵之后,就要求棕熊妈妈讲一些古时候棕熊的故事。通过妈妈所讲的故事,它们的脑海中渐渐幻想出一个奇异的世界——天地广阔,大地沐浴在温暖的阳光中,沉浸在瀑布、泉水的孕育里,各种各样的飞禽走兽在那里四处活动,遍地都是可口的食物。在妈妈的故事里,它们的好奇心一次次扩大,总有问不完的问题,而妈妈的回答仿佛永远无法满足它们的好

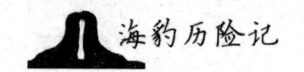

奇心。

"妈妈，是橡子好吃呢，还是蜂蜜好吃？"

"妈妈，洗澡更有趣呢，还是爬树更有趣？"

有个关于它们的爷爷塔托克的战绩故事，它们最喜欢听，就算妈妈讲述了上百遍，它们还是百听不厌。

毛粗粗只好一遍遍地重复着这个故事："塔托克爷爷是一头著名的大棕熊，它身材魁梧，体重有 800 斤重，当它用后腿站起来时，从头到脚足足有两米高……当它在自己统治的广袤领土上找不到食物，被饥饿折磨的时候，它就会冒险跑到平原上的牲畜群里，捉一头家畜吃。当它看准一头落单的牛时，冲上去就是一巴掌，一下子就能拍断牛的脊梁骨……"

可是，这一天毛粗粗没有把这个故事讲完，杜鹃的叫声打断了它的话，它站起来嗅了嗅，快乐地说："孩子们，冬天过去了，我们现在可以走出去了。你们在这儿等着，我回头来找你们。"

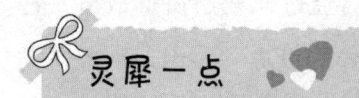

灵犀一点

在白雪覆盖下的黑暗世界中，还有很多人类所不知的精彩。未知世界的精彩，亟待富于探索精神的我们去感知、去发现。

第三章　长子贝斯登

棕熊妈妈还有一个两岁的大儿子，它能帮妈妈做什么呢？

看到布卡消失在岩石后面，毛粗粗抱怨它说："你怎么能这样子呢？"

毛粗粗不敢耽误，从急流那边走下去，径直走到一棵橡树旁边的山沟里，去叫醒住在那里的大儿子贝斯登。

贝斯登是一只漂亮的棕熊，已经两岁了。看到贝斯登从山沟里钻出来，毛粗粗说："儿子，你现在不再是独生子了，有了一个弟弟和一个妹妹，可是它们还太年幼无知，我既要照顾它们，又要出去寻找食物，实在分身乏术，无法接送它们去森林学校上学。你也知道，你爸爸没有家庭观念，它总是在树林里东跑西颠，在家待不住。家庭在你爸爸眼里，还不如枯叶烂草，它的心根本不在家里，对你们也极少关心。我需要一个助手来帮助我抚养这两个小宝宝，于是，我想到了你。如今，你已经是能够独立生活的青年了，但还不到成年分家独立的时候，你还需要在我们这个大家庭里生活一两年，这对你的成长有好处。请相信妈妈！"

贝斯登还没完全醒过神来，没等它回话，棕熊妈妈已经不由分说，推搡着它，朝着家的方向，大声催促道："走啊，快走！别磨磨蹭蹭的！"

春末夏初的时候，巴克和蒲吕已经断奶了。每天，毛粗粗和贝斯登尽心尽力地教育着它们，好使它们成为合格的棕熊。

按照熊的智力，幼儿教育分为两年：第一年，学习嗅、听、游戏、搏斗、抓、爬、挖掘、奔跑、觅食和游水。第一年课程结束，这些生存的基本技能要求全部掌握。

但是，森林学校的课程，没有固定的学习时间，也许是在散步时，也许是在游玩时，根据当时的情形进行各种练习。

具体的教学方式是先由棕熊妈妈示范一遍，再由贝斯登带着它们反复练习，直到它们学会为止。

如果孩子犯了错，或者做错了练习，贝斯登就会拍打

它们一巴掌。如果犯的错误比较大,则由棕熊妈妈来惩罚它们。

毛粗粗不像别的棕熊妈妈,总是在训斥孩子:

"不要吵,好好地玩!"

"滚开!"

"回答我!"

"别多嘴!"

毛粗粗会让它们尽情地玩,除非遇到危险,它从不干涉。她还会舔着贝斯登的脸,对其勇敢行为表示鼓励。

可是,每当蒲吕想乘别人不注意离开大家庭的时候,妈妈就会给它一脚,让它滚到15步以外。而贝斯登由于喜欢聚精会神地盯着草丛看,每当它出神时,棕熊妈妈也

海豹历险记

会一掌打得它四脚朝天，然后训斥道："这是教训你怎样去照料弟弟妹妹！"

小棕熊在妈妈的照顾之下，并不怕任何野兽。落单的小棕熊很容易遭遇不幸，连单只的饿狼也敢欺侮它。所以，小棕熊必须时刻处于大棕熊的保护之下。因此，一家人去散步时，毛粗粗总是走在前面，蒲吕跟在它左边，巴克跟在它右边，而贝斯登则走在最后。

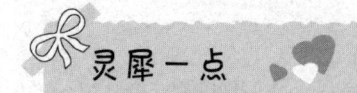

灵犀一点

在妈妈和哥哥的照顾下，两只小棕熊成长得非常健康。老吾老以及人之老，幼吾幼以及人之幼。爱护幼儿，关爱老人，这个世界就可以变得愈加美丽和谐。

第四章　森林的快乐

在森林里，小棕熊可以找到许多乐趣，它们会玩什么游戏呢？

在森林里散步是一件特别快乐的事情，因为每踏出一步，都会看到森林里不同的风景。此时，小棕熊们穿过一片长着忍冬和蔷薇植物的密林，来到一片很大的树林里，它们在这里自由自在地奔跑着，互相追逐、嬉戏，别提多么开心了！它们经过一片水洼，再往上走，越过一片岩石滩，忽然跑进一片昏暗的密林，这里有些阴森可怕，它们赶紧跑了出去。接下来的一段路程非常难走，走出这里，便是一片阳光普照的林间空地。这里才是小棕熊们最喜欢的游乐场。

在这处宽阔的林间空地上，横七竖八地躺着上百棵被

飓风拔起、折断的树木，这些乱七八糟的树木互相叠加在一起，构成了一个个迷宫、隐蔽处、木桥、避难所和可以遮风避雨、躲避危险、委身过夜的窝。当天气不适合露天睡觉时，它们就可以在这些窝里安心地睡觉了。

有时，棕熊一家还会爬到一棵高高的大枞树上面玩，那里视野开阔，可眼观六路，是它们很好的观象台。两只小棕熊只知道玩耍，在枝头上荡来荡去。贝斯登则懂事得多，它注视着附近一条波光粼粼的河流，时刻关注着那里的动向。毛粗粗则会用鼻子、眼睛和耳朵巡视着这座大森林的四周。

在大枞树上玩累了，它们一家便会来到地上，采一些蔬菜、野果来吃。蒲吕发现有一棵小树横躺在另外一棵大树上，仿佛是一个天然的跷跷板，两只小棕熊去玩起来，只见巴克蹲在这一头，蒲吕蹲在那一头，两只小熊一上一下，乐此不疲地玩着，直到贝斯登过来，要它们下来散步或洗澡为止。

灵犀一点

　　两只小棕熊能够无忧无虑地生活，是因为有母亲和哥哥保驾护航。所谓岁月静好，是因为有人替你负重前行。

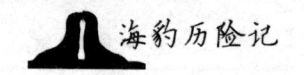

第五章　两个好学生

两只小棕熊在学习过程中表现如何呢?

雨季即将到来,巴克和蒲吕明白,它们应该要做些什么。毛粗粗胸有成竹,内心并不担心它们,因为它相信自己的孩子们都十分聪明。

然而,刚开始学习爬树的时候,巴克就打着响鼻表示反感。贝斯登教它们紧抱树干的方法:靠着爪子的帮助,用前肢和后肢抱住树干。棕熊妈妈也鼓励它,可是巴克却怎么也做不好。幸运的是,不久它的机会就来了。

有一天早上,贝斯登从一棵花楸树上摘下一颗成熟的红果子,巴克见状,立刻抱住那棵树干,一口气就爬上树梢。巴克坐在上面最粗的树枝上喘息了片刻,然后顺着树枝一步一步靠近果子。不一会儿,它伸出前爪便摘到了果子，于是，贪婪地大吃起来，差点把家人都忘记了。

蒲吕最不喜欢学习挖掘，它对大哥贝斯登说："这会弄疼我的脚指头的，干吗要学这个？你不知道吗？这会弄疼我的脚趾呢！"

可是有一天，贝斯登当着蒲吕的面，从泥土里挖出一个非常好吃的风信子的鳞茎，蒲吕尝到味道后，竟然对挖掘的兴趣大增。它兴趣盎然地对大哥说："贝斯登，让我也来试试，好不好？我愿意忍住疼痛，去挖一下泥土，我也想挖到好吃的根茎果子，你就让我试试好吗？"

至于用鼻子练习嗅觉的技巧，小棕熊们做得都不错。

毛粗粗喊："嗅啊！"

贝斯登也一本正经地喊："嗅啊！"

两只小棕熊就跟着说:"好的,我们嗅!"

于是,它们两个不约而同地嗅起来了。

它们能够从杂乱的草丛里用嗅觉找到那些芬芳的球茎,并能准确地挖掘到它们。

此外,除了用鼻子嗅,它们还学会了用前爪拿起食物,自己洗脸、游泳,乘机猎取小动物……它们在规定的时间内,基本掌握了棕熊的全部生存技能,这是多么大的成就啊!

灵犀一点

兴趣是最好的老师。小棕熊开始学习时并不喜欢全部内容,但当它们看到技能可以带给它们收获后,学习兴趣大增,终于成为合格的学生。我们也应该积极培养广泛而高雅的兴趣爱好,让人生变得丰富多彩。

第六章　过冬的准备

　　冬天即将到来，面临冬眠的棕熊会做哪些准备工作呢？

　　叶子开始发黄时，妈妈对小棕熊们说："冬天即将到来，天气很快就要变冷了，我们该去找一处过冬的房子了。"

　　蒲吕想到河水旁边有一个山洞，它觉得那里不错。可是妈妈却说："那个洞口正对北方，北风会毫无阻碍地直吹进洞穴，冬天的风会把我们冻僵的。哎呀，那可不是一个合适的住处！"

　　巴克看上一棵老橡树上的树洞。可是那个树洞实在太小了，一家人要想在一起，那里实在住不下，也不合适。

　　正在这时，毛粗粗找到一个很大的土堆，那个土堆在

海豹历险记

一棵大树下,这棵树的树根非常粗壮,将树根部的土高高地拱了起来。毛粗粗认为这里才是适合它们全家过冬的地方。它说:"这里正面对着南方,背面是树与土堆,这样的地方才比较合适。我们一起来挖土吧!"

既然妈妈说这里合适,于是,它们一家四口便开始动手干起来。你一下,我一下,前后爪并用,很快就刨出一个大大的地洞,那里面非常宽敞,足够它们一家四口居住了。然后,贝斯登又折了许多细细的枞树枝铺在窝里,当作床垫,这个洞穴看起来十分温暖。

毛粗粗说:"现在,我们去找东西吃吧,要尽可能地多吃一些,因为寒冬来临的时候,咱们就不能再吃东西了。"

说完，毛粗粗把孩子们带到一片很大的橡树林里，它们爬上树，采集了很多橡树果。它们边采边吃，很快就把肚子填得圆圆的。

吃完橡树果后，毛粗粗又带它们去松树林，摘了一些松果和松针，小棕熊们吃了许多松针，便想偷偷把吃不了的松果带进它们刚刚挖好的洞穴里。

小棕熊们在吃松针的过程中感到非常快乐，它们一边吃，一边扮着鬼脸。毛粗粗推了推它们说道："你们赶紧多吃些松针。松针里的油脂非常丰富，能给你们提供过冬的能量和力气。你们也别想把松果带进洞里去，因为那样容易引来老鼠。"

毛粗粗带着它的孩子们在那里待了好一会儿，当感觉到一阵冷风吹过来时，它停了下来，抬起头看着阴沉沉的天空，说："快要下雪了，我们不能再吃了，该回家了。这个冬天，我们一家四口可以挤在一起，一动不动地待在窝里，直到明年春暖花开的时候才能出来。走吧！再晚就下雪了，不躲进洞穴，我们会冻坏的。"

于是，在毛粗粗的催促下，它的孩子们挺着圆滚滚的大肚子走在前面，它自己在最后面，边走边把它们踩下的脚印抹去，这样，猎人和其他野兽都发现不了它们的新房子了。

海豹历险记

灵犀一点

　　小棕熊一家在冬眠前会大量进食，还会寻找一个温暖避风的洞穴作为自己过冬的家。如果没有合适的地方，它们会自己动手挖掘出一个合适的洞，这些都是它们生存下来的本能。掌握一技之长，具备一项专能，便打下了在世上生存的根基。

微信扫一扫
一起来揭秘动物大百科吧！

第七章　侦察小能手

5个月之后，又是一年春天到来，这些小棕熊又经历了什么呢？

第二年春天，棕熊妈妈第一个醒来，走出它们待了整整一个冬天的洞穴，然后把它的孩子们叫醒。

远距离的旅行，代替了往日的散步，它们所走的距离也越来越远。有时候，毛粗粗会故意离孩子们远一点，给它们更多独自活动的机会，以便让孩子们独自想办法解决问题，不再过多地依赖它。

这一年，小棕熊开始学习新的技能，为独立生活做准备了。

巴克和蒲昌开始学习如何自己寻找食物和辨别方向，它们需要学会认识各种好吃的动物和植物，识别哪些植物有毒或有害，哪些吃了会导致腹痛或腹泻。

蒲吕利用它第一年学到的鼻子的使用方法，高兴地在草丛、石堆和树根间嗅来嗅去，然后抬起头，扯下山毛榉的嫩叶和榛树的花芽来吃。它奇特的鼻子会告诉它，地洞里居住着什么样的动物：这里是一只狐狸，那里是一只獾，另外一边，则住着老鼠一家。

"喂！喂！从这里往下挖吧！"

它奇妙的鼻子时常提醒它，下面有它需要的食物。它还嗅到一只野猪带着几只小猪仔，穿过这片矮树林，还有母鹿和它的小鹿宝宝也曾经从这里穿过。

只要好好学习，凡是接受过系统训练的棕熊，都能凭借嗅觉，即使在晚上闭着眼睛，也能分辨出林间的各种树木、果实和野草，甚至分得清生草莓和熟草莓，认得出开放的雏菊还是含苞的雏菊。这已经是相当不容易了，可是蒲吕还有更妙的一手呢！它只要伸鼻子，就能说出什么地方有一簇香菇将钻出地面，或者一只水獭在河边晒太阳，能闻到它身上带着一股潮湿的味道。

8月中旬，蒲吕和巴克便已经学会认识动物、植物和辨别方向，其他的就更不在话下了。

即使离开百步之遥，蒲吕只需要瞥一眼，就能立刻认出对面是一只跳跃的猞猁，还是一只形迹诡秘的花豹。

蒲吕还能凭借听力,分辨出细腰蜂和蜜蜂的声音,分辨出松鸦和喜鹊的叫声。

它绝不会把无毒的香菇和有毒的蘑菇混淆,更不要说那些吃了会腹泻的鼠李果子或可食用的山茱萸果子了。

在辨别方向方面,蒲吕学会了几点:一是急流的岸边是村庄的主要交通大道;二是所有的小路都可以通向急流;三是急流的中段是一个浴场;四是世界上最好的两块空地是在浴场的两侧。其中,东面是大空地,西面是"蒲吕果园",这是它最先发现并用自己的名字命名的地方;五是在急流的上游,分别有落叶松林、白桦林、枞树林、山脉;六是在急流的下游,有岩石和橡树林,再往前走是个大湖;七是其他各处都是森林。

巴克最喜欢幼时常去的林中空地,但是蒲吕认为"蒲

海豹历险记

吕果园"是森林中最美好的地方。

　　那是一片没有多少动物会去的地方，那里遍地都是大岩石，在岩石的间隙生长着各种灌木，上面结满好吃的果子，这些都是蒲吕最喜欢吃的食物。这只小棕熊时常说："等我长大了，就选择一直住在那儿。"

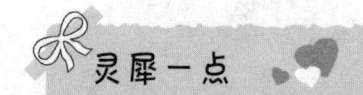

灵犀一点

　　经过两年的学习，小棕熊们逐渐掌握了各种生存技能，为将来的独立做好了准备。要想独立自由，首先必须要有让自己活下去的本领。

第八章　蒲吕的盛宴

蒲吕第一次吃到蜂蜜，它表现如何呢？

有一天，棕熊一家在岩石的背阴处午睡。

毛粗粗睡熟了，巴克在做梦，贝斯登打着呼噜，睡得正香。只有蒲吕不想睡，它用前爪握着一根野鸡毛玩，不时弄出一些小动静，自娱自乐，很开心。那些树木也发出声响，几百只鸟一齐歌唱，非常壮观。蒲吕突然跳起来，原来它从这些混杂的声音中，听出一阵微弱的响声，那声音很小，不仔细分辨很容易被忽略，"嗡嗡嗡……嗡嗡嗡……"原来是一只小蜜蜂。

"一只蜜蜂！一只蜜蜂！"

蒲吕兴奋起来，它向远处一看，果然发现一只小蜜蜂，在对面一株蓝色的风铃草上飞舞。看到这只蜜蜂，蒲

海豹历险记

吕立刻想到甜甜的蜂蜜,想到那诱人的储满蜜的蜂巢。它想得出神,忘记了睡熟的家人,脑海中只有一个想法:盯紧这只小飞虫,跟着它找到好吃的蜂蜜。

于是,一场有趣的赛跑开始了:一对轻薄的翅膀和四只粗壮的脚,进行着一场追逐比赛。

那只蜜蜂很快钻进了河边开着蓝花、白花的琉璃草丛,像是急着和那些花草拥抱似的。蒲吕看着它的一举一动,嘟囔道:"真无聊,太浪费时间了!"

可是麻烦事还没有结束,这只小蜜蜂一会儿飞到这边,一会儿飞到那边,一会儿飞进花丛,一会儿又飞出来,朝着急流那边飞去了。

蒲吕连忙跳进水里,紧紧地盯着它,一刻也没有放松。

小蜜蜂飞呀飞呀，蒲吕追呀追呀……

小蜜蜂越过急流，飞过一棵忍冬，那边有一片盛开的花海，只见它用嘴轻触一片花瓣，用嘴上的针状吸管深深地吸了一口花蜜，只停留了片刻，又飞入花丛重复着刚才的动作。

蒲吕紧紧地盯着那只小蜜蜂，它终于从花丛中飞出，朝着一片接骨木树丛飞去，转眼间消失不见了。

蒲吕前后左右看了看，没有找到那只小蜜蜂的踪影。它不甘心，继续细心地寻找着。

找了半天，它仍然没有发现小蜜蜂的身影，累得气喘吁吁，倒在一棵树桩上休息，心里十分气恼。

就在它沮丧地待在那里，不知如何是好时，突然，它又听到"嗡嗡嗡"的声音，刚才消失不见的小蜜蜂，又在离它两步远的地方飞了出来。

蒲吕顿时来了精神，它抬起头，掩饰不住兴奋的心情，连忙起身追了过去。它不顾疼痛，踩着地面上的荆棘，追赶着那只蜜蜂。

现在，那只小蜜蜂就在它的头顶上了，蜜蜂加快速度，闪到一边，蒲吕紧追不舍。那只小蜜蜂飞到一棵枯树的裂缝里，再次消失了。这棵树好像被施了魔法似的，发出一阵"嗡嗡嗡……嗡嗡嗡……"的音乐声,那声音不再是一只小蜜蜂的歌声,而是成百上千只小蜜蜂发出的合唱声,简直太震撼了!原来那里面是一个大大的蜂巢。

蒲吕屏住呼吸,轻轻地走过去,一巴掌揭开了遮蔽蜂窝的干树皮。顿时,几百只蜜蜂"嗡嗡嗡……嗡嗡嗡……嗡嗡嗡……"飞了出来,一起围攻这个胆大妄为的家伙。幸亏蒲吕有一身厚厚的皮毛,才免遭它们的蜇针攻击。

蒲吕伸出爪子,一下子挖到一团微温的黏糊糊的东西。它本能地迅速把爪子缩了回来,一股芳香扑鼻而来,蒲吕把爪子往嘴里一放,贪婪地舔着上面香甜的蜂蜜,有好多蜜顺着它的爪子滴到身上,一滴一滴地流下来,洒在了它棕色的外衣上,一长条一长条地滴到地上。

蜜蜂们看到这种情形,暴怒起来,向蒲吕发起了更加猛烈的攻击。这一回,蜜蜂们避开它厚厚的皮毛,专找它没毛的鼻子和嘴唇,用蜇针狠狠地刺去。

蒲吕顿时发出痛苦的叫声。

可是,蜂蜜实在太香甜了,它的诱惑胜过了对可怕的蜇针的恐惧,蒲吕忍着疼痛,继续不停地把爪子伸进树洞里,掏出更多的蜂蜜来吃。

直到把所有的蜂蜜都舔吃干净,蒲吕才转身逃跑,以免遭受更多的攻击。

"呜呜呜……呜呜呜……"蒲吕觉得头特别疼,嘴唇也火烧火燎地疼,鼻子已经肿得老高,有些麻辣辣的。

这时,蒲吕才想起自己的家人。它望着正在落山的斜阳,嘟囔着说道:"这个时间,妈妈和哥哥应该在洗澡了。我只要顺着急流走回去,就能找到它们了。快走吧,快走!"

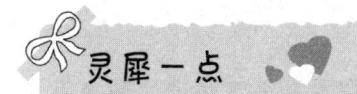

灵犀一点

尽管遭到蜜蜂的攻击,但是小棕熊终于尝到了香甜的蜂蜜。有得必有失。不经一番寒彻骨,怎得梅花扑鼻香。

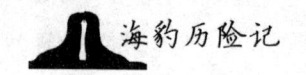

第九章　捉鱼与藏鱼

小棕熊在成长的过程中，要学会很多技能，捕鱼也是其中一种。

这一天，毛粗粗站在齐腰深的急流里，透过水流，仔细地侦察着水下的动静。

突然，它的爪子快速伸进水里，熟练地一挥，一条闪着银光的鲑鱼，便成了它的美餐。毛粗粗一挥手，把那条亮闪闪的鱼直接抛到了岸上。

在这之前，巴克已经吃得很饱了，它的肚子根本装不下更多的鱼了。此时，贝斯登教给它一个流传很久的棕熊美食食谱，于是，它便把剩下的鱼堆积在一起，用刚学来的方法进行处理：把吃不了的新鲜的鲑鱼，在地上挖一个洞，将那些鱼埋在里面，上面盖上泥土、石子和草叶，让

这些鱼自然腐烂，等到缺少食物时再拿出来吃，别具风味。

这时，蒲吕气喘吁吁地赶到这儿，说道："哦，这个肯定没有蜂蜜好吃啊！"

"嘿！你真是走运的家伙，居然吃到了蜂蜜！"巴克盯着蒲吕的鼻子哈哈大笑起来，它边笑边说道，"哈哈哈……哈哈哈……你们快来看它的鼻子，怎么弄成这个样子了！"

贝斯登看了看蒲吕，责骂道："好，看你还敢不敢偷偷乱跑，让我来教训你一下！"

毛粗粗喊道："贝斯登，别打它！它已经不再是小孩子了，到了该自己管理自己的年纪了。而且过不了多久，

海豹历险记

我们都要分开的,必须让每一只小棕熊都做好独立生活的准备。以后让它每天随意去活动吧,到了晚上我猜它一定可以找到我们的。我看,巴克也应该向蒲吕学学。"

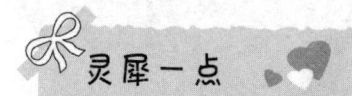

灵犀一点

　　成长过程中,总有些事是必须独自面对的。天行健,君子以自强不息。自立自强,自尊自信,方能成就伟大人生!

微信扫一扫
一起来揭秘动物大百科吧!

第十章　开心的一天

蒲吕独自生活的一天，做了些什么呢？

第二天，蒲吕起床后，脑海里闪现出的第一个念头就是：自由，我想要自由。第二个念头是：果园，"蒲吕果园"是我自己的啦！

趁人不备，蒲吕蹑手蹑脚地走出洞穴，先是两条左腿向前，接着是两条右腿，这是自古以来棕熊家族步行的方式，所以，别人都觉得它们走路的样子怪怪的。甚至有人说棕熊们走路时，就好像一个大大的毛毛球在摇摇摆摆地移动。

"啪！啪！"蒲吕向急流方向奔去，先是大口大口地吃了一些野菜，喝了几口河水，算是开开胃。

"啪！啪！"蒲吕走到那片果园，开始狼吞虎咽地吃起树上的野果。它一口气吃得饱饱的，于是坐下来开始休息。接着，它开始做把腿盘来盘去的游戏，玩这个游戏完全是为了消化食物。这个游戏特别有趣，蒲吕把腿盘来盘去，两条腿交缠在一起，叫人简直分辨不出哪是它的前腿，哪是它的后腿。

蒲吕就这样玩了上百次之后，才将自己的双腿放开。这时，一阵辛辣的气味飘来，它立刻停下游戏，伸出鼻子嗅了嗅，然后朝一个蚁穴走去。

那个蚁穴很大，是多少棕熊希望遇见的。

蒲吕来到蚁穴旁，好奇地看着那些蚂蚁直上直下，来来往往，进进出出。它的眼里闪烁着贪婪的光芒。于是，它对着自己的前脚舔了又舔，从爪子一直舔到膝盖，直到让自己的身上涂满了唾液，它才把前爪伸进蚁穴，这对于蚁穴简直就是一个毁灭性的破坏。

这个蚁穴就是蚂蚁的一座城市，里面有通道、房间、育儿室等，结果，小棕熊这一爪子伸进去，一下子便摧毁了蚁穴。蒲吕缩回粗大的爪子，上面粘着无数红蚂蚁和数不清的细小的蚁卵，它用舌头舔了几下，把上面粘着的蚂蚁和蚁卵一下子卷进了嘴里。它不停地重复着这些动作，好像一个胜利者，并没有觉得自己的行为有何不妥。它甚至觉得这样做是理所当然的，仿佛把蚂蚁吃干净才是它的职责。

之后，蒲吕又愉快地游玩去了。

蒲吕用爪子滚动着一个松球玩，那只松球一下子滚到大松树的树根部。受好奇心的驱使，蒲吕爬上那棵松树，向四周张望着。蒲吕看到不远处有一只雷鸟，在一根低垂的枝条上睡觉，它的脑子里立即冒出一个坏主意。

蒲吕爬下松树，走近雷鸟，伸出右前爪试图捕捉那只雷鸟，结果只扯下雷鸟尾部的几根羽毛。那些羽毛非常漂亮，蒲吕抓在手里看了看。

受到惊吓的雷鸟一下子醒了过来，它叫了几声，扑棱着翅膀飞走了。

蒲吕看看手里那几根镶着红白边的青色羽毛，一挥爪子，任那些羽毛散落一地。其中一根翎毛落到一只香菇旁边的苔藓上。蒲吕顺着翎毛的方向，向前走了几步，结果发现那里有一只大香菇，还有一只泥土色的蛞蝓在上面蠕动，蒲吕低下头，一口便把它们全吞进肚子里了。

蒲吕吃完这些，又向山下走去。它东看看，西望望，兴致勃勃，看到什么都觉得好玩。

这一天，蒲吕不知疲倦地走了许多地方，直到天黑下来，才心满意足地回到家中。

海豹历险记

灵犀一点

独自生活也许会遇到许多困难,但也会有许多乐趣。自信地迈出独立自强的人生步伐,克服人生中的困难,享受人生中的乐趣,才能逐步体会到人生的真谛。

微信扫一扫
一起来揭秘动物大百科吧!

第十一章　长大的棕熊

两只小棕熊终于长大了，它们又会遇到什么有趣的事情呢？

有时候，在太阳落山之前，蒲吕会去林间空地找巴克玩。它们一起尝试去做各种事情，巴克跟蒲吕一样，已经开始尝试着独自生活。

但是，蒲吕老远就嗅出它的味道，找到它所在的地方，然后大喊："哀儿！哀儿！"

巴克则回答："各夫！各夫！"

它们见面后，开始讲述各自一天的经历。兄妹俩总是抢着自吹自擂，炫耀它们自己最会吃，最会恶作剧，最会抢东西。

有一天，巴克刚吹嘘自己追赶着一群无辜的松鸡，蒲

海豹历险记

吕则马上说自己拔起了一整棵山毛榉，说自己的力气之大。

有一天，巴克刚讲述过它滚在泥潭里，解决掉身上的蚤虱，蒲吕则说它自己在吃果子和青草时，如何不失时机地捕捉到小鸟、睡鼠、青蛙或是昆虫幼虫来补充营养。

它俩越说越高兴，直到天完全黑下来，才一起去寻找妈妈毛粗粗和哥哥贝斯登。虽然看不清来路，它们俩却可以凭借灵敏的嗅觉，在黑漆漆的夜晚，找到回家的路。

时间一天天过去，太阳落山的时间一天比一天早了。

有一天早上，天刚蒙蒙亮，毛粗粗没有像往常那样自言自语，而是干脆又严肃地说："喂！听呀！"接着，它又严肃地说："该起床了！不要睡懒觉了！"

毛粗粗把鼻子凑到它们面前，眨着眼睛，端详着自己的孩子们，然后郑重其事地说："你们长大了。贝斯登，你可以回到你的树林里去了。而且，你也到了该结婚的年纪了。你，巴克，还有你，蒲吕，现在你们该按照棕熊的老规矩，自己在森林里找一块地方，当作自己的地盘，成为那里的主人……"

蒲吕说："我喜欢那个果园！"

巴克说："我喜欢那块林中的空地！"

"好的，从今天开始，你们可以独自生活在自己喜欢的地方了。我呢，是时候去看看你们的爸爸了，不知它现在怎样了。你们千万不要忘记平时我教给你们的功课，记住所有科目的要点。你们迟早会明白，只有在你们开始独自生活之时，之前我教给你们的各种知识，才是特别有用的。

"以前的一切，终将成为你们的美好回忆。你们懒惰或者不听话的时候，我和贝斯登对你们管教，你们害怕的时候，扑进妈妈的怀里。现在，你们长大了，可以走了。快走，赶紧走！"

于是，森林里发出响亮的吼声，把清脆的鸟叫声都压了下去。这是毛粗粗、贝斯登、巴克和蒲昌在互相告别的声音。

然后，它们四个朝着不同的方向走去，从此，独立开启各自的新生活。

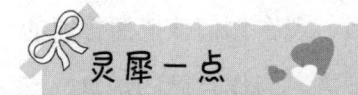

灵犀一点

天下无不散之筵席，生而为人，总要独立面对人生的道路与抉择。当你能够独立面对并解决一切问题时，你所接受的教育才是成功的。

红毛小精灵

微信扫码
☑ 观看动物百科
☑ 加入话题讨论
还可以参与配音达人活动哦

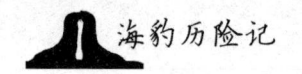

第一章 跳树小能手

生活在森林里的小松鼠，有哪些与众不同的习性呢？

在一片原始森林里，住着许多活泼可爱的动物。鸟儿们喜欢在天上飞，兽类喜欢在地上跑，而小松鼠则喜欢在树上待着，很少到地面上活动。我们今天要讲的故事，就是跳树能手——小松鼠的故事。

在这个松鼠家族里，有两只特别漂亮的小松鼠，分别是快快和程程，它们是这个森林里最活泼、最伶俐的一对儿。它们一天到晚，都在树枝上跳跃和舞蹈，互相扔松子、捉迷藏，互相追逐，打打闹闹，就像小孩子一样快活。森林里的动物们，无论是高高大大的小鹿，还是密密麻麻勤奋的小蚂蚁，都知道它俩的故事，打心眼里喜欢它们。

红毛小精灵

有一天,快快和程程正在树枝上玩耍,它们只玩了一会儿,程程感觉有些疲乏了,便对快快说:"我们玩得虽然很痛快,但总感觉少了些什么,我们不能光玩了,应该做一些正经事了。亲爱的,现在,我们是时候为孩子们准备新巢了。我预感到过不了多久,我肚子里的小宝宝就要出生了。我们的老巢实在太小,装不下这么多孩子,我希望我的孩子有世界上最舒服、最安全、最好看的巢穴。为了我们家即将到来的小宝宝,我们现在就行动吧。我要踏遍整个森林,找到一个满意的新住处。如果找不到所需

海豹历险记

的地点,我宁愿被黄鼠狼咬死。亲爱的,跟我来吧,快点快点,我们即刻动身吧!"

灵犀一点

与其他动物不同,松鼠喜欢生活在树上,它们个个都是森林里的跳树能手。鹰翔碧空,鱼游江河。我们每个生命个体都在这个世界上拥有自己的位置,也拥有自己的生存之道。

第二章　松鼠小宝宝

松鼠妈妈快要生产了，它需要一个更大更舒服的巢，筑一个舒服的家，它们能顺利找到地方吗？

快快不喜欢筑巢，它还希望程程继续陪它玩别的游戏，但当它看到程程的神情是那么坚决和严肃，它一时不敢拒绝了。

于是，程程和快快这对松鼠小夫妇开始行动起来。它俩从这棵树枝跳到那根树梢，从东到西，跑了大半个森林，并没有找到适合筑巢的地点。它们不是嫌这棵树不够高，就是嫌那棵树的枝条太稀疏。

后来，它俩好不容易找到一棵相对理想的树木，没想到它们刚要开始筑巢的时候，一阵风吹过，树林间立刻飘来一股黄鼠狼散发出来的令人作呕的臭气。不需要再来一

海豹历险记

阵风,它们立刻断定,松鼠家族的死对头——黄鼠狼的地洞正好在这棵树下呢!两只小松鼠互相对视了一下,立刻起身连跳三下,飞快地逃离了这个地方。

它俩没有气馁,不顾辛劳,继续找寻理想的树木。

功夫不负有心人。很快,程程发出一声欢快的信号,它在一棵老树顶上发现了一个废弃的大鸟巢。那个鸟巢筑在很高的树杈上,紧紧地贴近树干,隐藏在浓密的枝叶后,如果不仔细看,还不容易发现呢!从鸟巢里发现的几根羽毛,它俩判断出,这里曾经有几只乌鸦住过,看起来像是住了很久,不知哪一天,乌鸦一家挥动着黑色的翅膀,飞出去后就再也没回来。

快快和程程满意地笑了,它俩立刻动手,将鸟巢打扫得干干净净,并把鸟巢改建成圆形。然后,又找来一些细软的苔丝铺在新巢里，一口气忙了半天，只为给孩子建造一个既舒适又温暖的家。

几天以后，小松鼠宝宝们出生了。很快，巢里探出4个黄色的小脑袋，它们的名字分别是翎翎、风风、淘淘、烨烨，它们都是非常漂亮的小宝宝，人见人爱，森林里的居民像喜欢它们的爸爸妈妈一样，一看到它们可爱的模样，就立刻喜欢上它们了。

生完孩子的程程，很快恢复到以前的状态，它开心地在树上跳来跳去，像一个甜美的舞蹈师，爸爸快快跟着跳舞，嘴里不时发出一声尖叫。小松鼠们更是跟着它们的爸爸妈妈，叽叽喳喳尖叫欢呼，这是松鼠家族表达快乐的一种表现方式，只有在庆祝胜利或最开心的时候，才会如此。

太阳快要落山了。想到小宝宝们应该饿坏了，程程急忙跳进窝里，回到孩子们的身边。它耐心地给每个宝宝喂奶，温柔地抚摸着它们。小宝宝们吃饱喝足，依偎着妈妈睡着了，程程和快快随即在它们旁边蜷成一团，也睡着了。

海豹历险记

灵犀一点

松鼠一家幸福地生活在一棵树上,它们在家这个温暖的港湾中,载歌载舞,洋溢着幸福和喜悦。家庭生活,总是带给我们忠实的呵护与温暖的关怀。

第三章　松鼠的邻居

小松鼠一天天长大了，妈妈开始教导它们学习生存的本领，它们要学的第一项本领是什么呢？

时间一天天过去，转眼间，翎翎、风风、淘淘和烨烨都长大了。它们的皮毛变成了金黄色，闪着光泽，非常美丽。淘淘的毛生得最美，它特别爱美，总是不停地用爪子和舌头梳理着身上的皮毛，把它整理得光滑柔顺。特别是它的尾巴，中间鼓鼓的，像充满气一般，淘淘还不满意，继续梳理着尾巴，好让它更蓬松顺滑。

妈妈对淘淘最放心，不用像对其他孩子那样不停地告诫："把你的尾巴弄得蓬松点！"

翎翎最是顽皮，它整天嬉戏游玩、吵吵闹闹，一点儿都不关心它的尾巴是什么样，时常脏兮兮的，沾满了松

海豹历险记

脂、树叶。

风风和烨烨也非常注意打理自己的尾巴,能够按照妈妈的要求,将尾巴上的毛理顺得蓬松整洁。烨烨是只雌松鼠,虽然不像淘淘那样在意自己的皮毛,但已经做得非常好了,将尾巴梳理得非常柔顺。

松鼠妈妈为何总是催促自己的孩子将尾巴的毛梳理蓬松呢?这是因为,松鼠的尾巴是这个世界上最神奇的东西之一,它的作用有点像降落伞。有了它,松鼠们就能够在很高很高的树上跳来跳去,即使跌下来也无妨,蓬松的尾巴既可以维持身体的平衡,又能起到缓冲作用,让松鼠能够安全着地,不用担心摔坏身体。

风风、淘淘、烨烨也很喜欢幼时居住过的这棵树,那棵树的树皮内,生活着许许多多的小虫,距离最近的邻居是一只啄木鸟的巢,每天,小松鼠们都能听到啄木鸟"笃笃笃"啄木头的声音。

此处,还有许多动物经常造访这片区域,会飞的小鸟,五颜六色的蝴蝶,瞪着圆圆的眼睛、晚上不睡觉的猫头鹰……它往往只停留片刻,就飞走了。

而在树根旁边,还有两只野兔,它们在那里挖了一个地洞,从不吃窝边的青草,总是跑得远远的吃饱肚子才回来。

在这片森林里,有千千万万棵这样的树,但是松鼠宝宝们认为这是其中最好的一棵。它们在树上朝地面观看的时候,可以看到许多红色的香菇,旁边还有许多柔嫩的苔藓,甚至还能看见草莓的新叶和金子般的金雀花。

在这棵树上,松鼠还能望到一条小河,整个白天,它们都能听到喜鹊歌唱;傍晚,还会看到鹿群在河边喝水。

这棵大树是小松鼠们从小居住的地方,也是它们的游戏乐园。在它们眼里,整个世界都像太阳光那般灿烂,周围的朋友也都是那般可爱。它们每天快快乐乐的,感觉幸福极了。

海豹历险记

灵犀一点

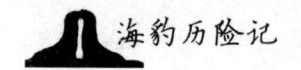

松鼠宝宝的尾巴是非常重要的工具，它们成长过程中所学的第一件事，就是梳理尾巴。松鼠梳理尾巴，便是为日常生活做好准备。唯有常备不懈，才能从容应对生活中的艰险与挑战。

微信扫一扫
一起来揭秘动物大百科吧！

第四章　松鼠的天敌

在森林里生活的松鼠，虽然非常快活，但它们也有害怕的天敌，松鼠宝宝遇到的第一个天敌是什么呢？

有一天，正在树上跳来跳去的小松鼠们，遇到了一件惊心动魄的事情，这让它们心里明白，它们也有冤家对头，不可能时时无忧无虑。

那天，小松鼠一家正玩得高兴，忽然听见一阵阵急促的呼喊："杜克！杜克！杜克！"这声音是那么凄厉可怕，吓得小松鼠们差点没有听出那其实是爸爸的声音。

没等小松鼠们回过神来，很快便看到爸爸正沿着不远处的一棵高大的白桦树快速往上爬着。孩子们从未见过爸爸用这么快的速度爬树，它的身后，紧跟着一只陌生的动物，那家伙长着4只黑脚和细长的脖子，紧追着快快，跑得几乎跟松鼠爸爸一样快。

小松鼠们吓得大气不敢喘，呆呆地望着爸爸逃上了白桦树的树顶，然后就势一跃，降落到远处的地面上，不一会儿，就从那只动物的追击中逃脱。

追赶松鼠爸爸的那只动物怒吼一声，转身下树追去。这时，风风和淘淘才看清楚，那家伙的皮毛是黄色的，而肚皮却是白色的。

"那是黄鼠狼！"松鼠妈妈吃惊地说，"你们好好待在树上，千万别乱动，也不要出声，不要让黄鼠狼看见。否则就危险了！"说完，松鼠妈妈也躲在树叶间一动不动。

那只黄鼠狼的速度快得吓人，它爬下了那棵大白桦树，向四周看了看，松鼠爸爸早就逃得无影无踪了。

黄鼠狼没有捉到松鼠，气呼呼地走了。

过了一会儿,松鼠爸爸回来了,它跳到家人们躲藏的那棵树上,气喘吁吁地说:"今天好险!它追了我整个森林,我差点儿被捉住,幸亏没有遭到毒手。"

松鼠爸爸累得上气不接下气,大家都能从它黄色的皮毛下看到它剧烈的心跳。松鼠妈妈安抚着它,过了好一会,它才平静下来。

孩子们亲昵地贴着它,翎翎还用它小小的爪子递给爸爸一颗大大的松子。

事后,孩子们七嘴八舌地说,爸爸从树顶跳下来也不会摔伤,多亏它的尾巴……当它跳下来时,只要尾巴上的长毛蓬松成球状,就可以像鸟儿长的翅膀那样,安全地到达地面。这就是为什么松鼠要常常梳理自己的尾巴,保持干净,让尾巴的长毛松又轻的原因。粘在一起的尾巴,不仅不能减缓下降的速度,反而会起到下坠的作用,使松鼠得不到缓冲,可能会摔死。

从此,小松鼠们终于明白了保持尾巴整洁的重要性,蓬松的尾巴可以让松鼠从很高的地方跳到地面上,而不会摔坏身体。

这就是松鼠宝宝们出生后所上的第一堂课,所学的第一项技能,那就是——要保持尾巴干净蓬松。

海豹历险记

灵犀一点

亲眼看到松鼠爸爸被黄鼠狼追赶,小松鼠们终于懂得,要想躲避危险,必须具有能够让自己安全着陆的武器。为了更好地立身处世,我们也应当拥有光明磊落的立身"法宝"。

第五章　松鼠学本领

8个星期的小松鼠们开始学习成年松鼠的所有技能，它们学得怎么样呢？

学会梳理尾巴之后，松鼠宝宝们能够在树枝间快活自如地跳来跳去了。于是，松鼠妈妈又开始教它们学习咬开松球，吃松果里面的松子。

用嘴啃出球果里的松子，并不是一件容易的事情。要啃得干净利落，从上到下不遗留一粒松子，需要很大的耐性。

这些小松鼠幼时只认识它们居住过的那棵大树，它们在枝杈间或者欢快地玩耍，或者学习啃松果。开始时，它们并不能独自完成这些，妈妈都会过来做示范，一遍一遍，不厌其烦，直到它们学会把松果里的松子吃得一粒

海豹历险记

不剩。

  翎翎最没耐性，往往只吃掉一两粒松子，就把整个松果扔掉了。以致有一次，松鼠妈妈向它发了火，责怪它浪费食物。在妈妈的监督下，翎翎用了好几天的时间，才学会一次把一只松果啃得干干净净，不剩一粒松子。这一天，妈妈开心极了，全家人都欢呼尖叫着，为它庆贺。

  这一天正是 4 个孩子出生满 8 个星期的日子，松鼠家里可热闹了。小松鼠出生满 8 周后就可以跟着大松鼠爬树了，而且一般成年松鼠能做的所有事情，它们也可以做了。这一天，松鼠一家过得非常快乐，淘淘跟妈妈赛跑，赢了妈妈。

  凤凤特别喜欢从树上跳到地上，它先在一根枝条上荡来荡去，然后纵身一跳，稳稳地落到了地上。很快，它又回到树上，继续跳，一次又一次，开心极了。烨烨正好相反，自负的它不愿从树上往地上跳，而是喜欢从这棵树跳到那棵树……一直围着自己的巢跳来跳去。

翎翎喜欢跑跑、跳跳、爬爬，从森林的这头到那头。在它的眼里，一切都是那么新鲜，所到之处，食物各有不同，它要用自己的小嘴来感知一切。它吃了好多松子，一直玩到晚上才回到巢里。它在一棵老橡树下找到一只美丽的香菇，把它带回了家，翎翎的兄弟和妹妹打量着这只棕色的香菇，惊讶得说不出话。

于是，妈妈把那只大香菇钉在一根树上，说："先不要吃，就放在这里好了。等太阳晒干后，我们再把它吃了。"从这天开始，松鼠一家就开始全体出动找香菇了。

翎翎、风风、淘淘和烨烨，这4只小松鼠一生中最快乐最美好的日子就是从那时开始的。它们跑遍森林，在覆盆子成熟的林间空地上，互相追逐、嬉戏，小松鼠们津津有味地吃着这些香甜的浆果，连松子都顾不上了。它们晒着太阳，在树顶上或者其他动物遗弃的旧巢中休息，常常发出幸福的欢笑声……

灵犀一点

　　松鼠们天赋异禀,各有所长,终于掌握了在这个森林里生活下去的能力。正如每只松鼠各具禀赋,我们每个人也各具天赋。把我们的天赋正确地发扬光大,我们的人生就能大放异彩。

第六章　翎翎遇险情

小松鼠们在森林里快乐地游玩，没想到，翎翎再次遇到了危险……

一天下午，小松鼠们正聚集在家附近的一棵枞树上玩耍，忽然听到妈妈发出"杜克！杜克！杜克！"的尖叫声，它们都很清楚这种叫声是什么意思。它们知道危险降临了，急忙趴在树枝上，大气不敢出，一动也不动。

远处传来一阵沉重又急促的大脚步声，还有一串轻轻的小脚步声。随后，这两串脚步声都不见了，四周忽然安静下来。

它们哪里知道，森林守林人和他的孩子就在它们居住的大树底下站着，森林守林人和他的孩子也是刚停下脚步，正好在那里休息。

海豹历险记

　　这个森林里从未出现过这么大的动物,尤其奇怪的是,这两个动物都是直立行走的,在松鼠们看来,这样子实在有些滑稽。

　　为了看得更清楚一些,小松鼠们站起来,小小的脑袋探到了树枝下面。小松鼠的身影终于让守林人看到了,守林人毫不犹豫地举起枪,对准最下面的翎翎,扣动了扳机。

　　翎翎的右腿顿时感到一阵火辣辣的疼痛,它一下子失去平衡,跌到地面上。

　　翎翎本想爬起来逃走,可是它受伤的腿根本不听使唤,那个大个子守林人跑过来,一下子把它捉到手里,而守林人的孩子见状,高兴地欢呼起来。

翎翎吓得要死，可是它心里明白，这两只奇怪的动物将要把它带走，带到很远很远的地方，它可能再也回不到出生的那棵老树上了。刚想到这里，翎翎便昏了过去。

它苏醒之后，发现自己被关在一只铁丝笼子里。周围没有童年居住过的那棵老树，也没有草莓叶子和流淌的小河了，它顿时忧郁极了。

此时，森林里的松鼠妈妈、爸爸和风风、烨烨、淘淘逐渐从恐惧中平静下来。它们眼巴巴看着翎翎被守林人带走却无计可施，内心感到无比悲痛。在松鼠爸爸、妈妈心里，尽管翎翎很不听话，好奇心重又贪吃，整天喜欢在森林里四处游荡，几乎把每个洞穴都探查遍了，但它毕竟是自己的亲人，是个活泼可爱的孩子，每每想到此，松鼠爸爸、妈妈和它的兄弟们都会痛哭不已。

过了好一会儿，松鼠爸爸在大家的哭声中第一个清醒过来，它大声说："我们不要再哭了，必须马上搬家了。守林人已经知道了我们巢穴的位置了，这里已经不再是安全的家了。"

于是，一家老小留恋地看着曾经居住的大树，这个给它们带来许多快乐与幸福的地方。它们心里默默地说："再见了，我亲爱的家！"它们也终于明白了，为什么森林中总有其他动物或鸟儿遗弃的巢穴，它们肯定也有不得已

海豹历险记

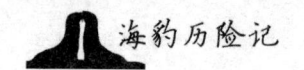

的苦衷吧。

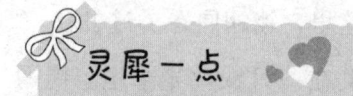

灵犀一点

遭遇人生不幸固然可怜，不气馁，有勇气重新开始新的生活，才能创造更美满的生活。

第七章　新家的食物

因为守林人的出现,松鼠一家居住的地方不再是安全之地,它们全家只好寻找一个新家,它们找到了吗?

松鼠爸爸站起身来,纵身一跃,跳到旁边的树上。松鼠妈妈和3只小松鼠紧跟其后,它们一家快速离开了这个熟悉的地方,将要重新寻找自己的新家。

它们不停地跳着,跳过一棵树又一棵树,很快离它们原来的家很远了。最小也最弱的烨烨有些跟不上,落后了一大段路,急得差点哭出来。妈妈回头看看它,觉得很难过,便停下脚步等烨烨赶上来。烨烨追上妈妈后,妈妈看它实在跳不动了,便张口衔住它的脊背,带着它继续赶路。

它们走了很远很远,就快到达森林边缘了,松鼠爸爸

海豹历险记

跳到一棵有洞的老橡树上才停了下来。这里是它和程程以前住过的地方，虽然有点小，却很温馨，孩子们很喜欢。它们想到附近探查一下，但因旅途劳累，只好先去睡觉了。

第二天早上，天刚蒙蒙亮，松鼠爸爸就带着它们四处去活动了。它们只跳了4下，就来到一块绿油油的大草坪上。小松鼠们别提多高兴了，它们互相追逐着，开心地喊叫着。

它们只玩了一会儿，忽然停了下来，原来它们看到一条河，它们之前从未见过这样宽广的河流，便好奇地望着它。

最叫人惊奇的是，那条河河水还在不停地流动……小松鼠们跑到河边，看着河水哗哗地流向远方，河很宽，它们感觉自己没法渡过这条河，因为这条河完全不像它们之前的家门前那条小溪，可以很容易地跳过去。

这条河看上去有些凶险，这让小松鼠们感到非常害怕。

就在这个时候，一件令它们意想不到的事情发生了。它们的爸爸一下就跳到这条清澈的河流里，站在水里，并没有被河水冲走。爸爸在水里用力游着，笔直向前冲，小松鼠惊奇地看着爸爸，还没弄明白怎么回事，爸爸已经游到对岸了。

看到爸爸在河对岸抖动着身子，然后躺到岸边的沙滩上，太阳很快晒干了被河水弄湿的皮毛。

风风、淘淘和烨烨对于爸爸的举动非常佩服，对爸爸矫健的身姿和本领感到骄傲。它们认为，爸爸是世界上最了不起的，因为爸爸居然会游泳！于是，小松鼠们立刻意识到自己应该像爸爸那样勇敢，它们3个勇敢地跳到河中。河水很清凉，小松鼠们尽力浮在水面上。它们虽然游得不像爸爸那样快，那样好，却没有沉入水底，一直在游着，终于游到河的对岸。它们一下子躺在爸爸身边，感到幸福极了！它们躺在地上，向四周观察，看到许多陌生的树木，比它们原来居住过的森林里的那些树更矮小。那些树上长着圆圆的嫩叶，树丛中藏着的一些别致的果子，看起来既不像松树上的球果，也不像山毛榉的果实，更不像橡树上的橡子。

小松鼠们对这些新鲜的东西非常好奇。小松鼠们从未见过这样的东西，但它们看起来非常诱人，感觉很好吃。

这时，松鼠爸爸站起身来，理了理皮毛，把尾巴的毛弄得蓬松一些，然后跳到旁边的一棵树上去。小松鼠们本想跟着爸爸上去，结果还没来得及行动，面前已经有许多爸爸扔下来的果子了。

3 只小松鼠高兴地起身,马上用前爪取了几颗果子,坐着吃起来。它们先揭去果子外面的绿皮,发现里面是一层棕色的壳。小松鼠们用牙齿咬破了它,找到一粒果仁,那粒果仁飘着一股清香,十分诱人,它们尝了一下,说不出是什么滋味。

这是它们生平吃到的最可口的东西了。它们边吃边向那棵树跑去,没等吞下爸爸摘的果仁,已经各自躲在一棵小树上,兴高采烈地摘了起来,一片咬果子的"咔嚓"声响起,它们大口大口地吃了起来。

它们一直把肚子填得饱饱的,才跟着爸爸走回家。回去的路上,小松鼠们渡河时,游泳技术已经比第一次好多了。而它们的小嘴里,还衔着一枚果子,这是它们跟爸爸学的。

快到它们居住的橡树时,爸爸停下脚步,它在一丛树下挖了一个小坑,把嘴里的榛子放了进去,然后在上面盖上泥土和松针。

小松鼠们看到爸爸的举动,以为这是一种游戏,也学着爸爸的样子,把自己带来的榛子藏在地里。

事实上,这并不是游戏,而是爸爸知道,榛子成熟的季节,就意味着冬天快要来了,天气即将变冷。现在,太阳升起得越来越晚,落下得越来越早,森林里的风变得越来越大。

又过了一段时间,天空中开始飘起了雪花。白色的雪花很快就覆盖了整片土地。这时,地面上的一切东西都看不到了。树上的果子也早就没了踪影。小松鼠们这才知道,之前与爸爸往地里埋食物并不是游戏,而是为了储备过冬食品。

它们在树洞里和巢穴里藏满了果子、松子、榛子和香菇,干燥的食物不容易腐烂。它们埋藏食物的地方还有灌木、岩石下面,它们用自己的方式,在很多地方储藏了许多食物,足够它们度过整个冬天的了。

风越来越大,天越来越冷,河水早已结了冰。榛子树

海豹历险记

的叶子早已枯黄凋谢了，4只小松鼠已经长得和爸爸妈妈差不多大了。

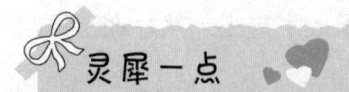

灵犀一点

　　找到新家后，小松鼠们吃到了新鲜的榛子，这是之前从未尝过的美味。它们还跟着爸爸埋藏了许多食物，为冬天的到来做好了充分的准备。有备而无患，居安则思危，方能从容应对人生中的惊涛骇浪。

第八章　逃回大森林

冬天到来之前，森林里的松鼠们开始为过冬做准备，它们会怎么做呢？

当快快一家在森林里欢快地跳来跳去，忙碌地储备粮食时，翎翎正待在守林人的笼子里发愁呢。它现在倒是不用再为食物操心，守林人的儿子——那个叫小让的小孩每天早晨都会给它送来许多好吃的松子、榛子，翎翎每天都能吃得饱饱的，但失去自由还是让它感到痛苦。

那个小男孩还给翎翎做了一个小小的秋千架。但是，这东西比起森林里的落叶松或枞树的枝条可差远了。只有在那片森林里，翎翎才能尽情地荡来荡去，它忘不了森林里的那些树，忘不了自己的家人，忘不了森林里的快乐时光……

小让其实是个温柔的好孩子,他很喜欢这只小松鼠,常常盯着它看,逗它玩。在日复一日的相处过程中,翎翎对这个小男孩开始产生了好感。可是,这个人类的孩子一点儿不像松鼠,完全不像家人那样轻盈敏捷,不像自己的家人那样轻松,最主要的是,人长得个子那么高,总是令它生畏。

有一天,小让忘记关笼门了,看到大开的栅栏门,翎翎慢慢地探出头去,它左望望,右瞧瞧,没有发现一个人。于是,它大着胆子跳出笼子,一下跳到窗台上。三下二下跳进了花园里。

尽管翎翎有一条腿因为受伤,跳起来一瘸一拐的,但它仍然拼命地逃跑,连蹦带跳,很快远离了笼子,来到森林里。

它凭着记忆回到从前居住的地方,发现那里空空的,它的家人们早已不知去向。

翎翎很伤心,但想到自己终于回到了朝思暮想的森林里,重新恢复了自由,内心随即高兴起来。它高兴地跳起舞来,像个疯子一样尖叫着,像小时候在爸爸妈妈身边那样,表达着自己的快乐。

第二天早上,快快、程程和它们的孩子在林中空地上,采集最后一批松子。它们努力又专心地采集着松子,

不时跳到地上找地方埋藏起来。突然，松鼠妈妈抬起头来，倒吸了一口气，像惊呆了一般，望着不远处的一只漂亮的大松鼠。它的毛色像火一样，程程仔细看了片刻，叫了一声，那只陌生的松鼠回答了一声。它连跳三下，快快看到它一条腿是瘸着的。

那只大松鼠对瘸腿满不在乎，它的眼里闪烁着愉快的目光，它又跳了一跳，靠近松鼠一家。这时，松鼠妈妈喊了起来："天啊，这是我们的翎翎啊！"

松鼠一家连忙围了上来，它们用嘴碰碰那只陌生的大松鼠，发出低低的叫声，接着快乐地跳起舞来。妈妈和爸爸感到非常幸福，就像小松鼠们刚出生那天一样。

第二天，森林里开始下雪了。白白的雪就像天上的星星一样，慢慢落了下来。小松鼠们惊奇地看着，开心地跳

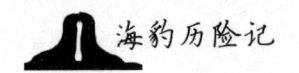

着，整个森林都回响着它们快乐的尖叫声。

雪越下越大，不久，白色的雪覆盖了整个森林。翎翎、风风、淘淘和烨烨开始怀念起天上的太阳、空地上的青草和无边无际的花卉。

没有人告诉它们，可是它们却都知道，这个世界不会一直这样冷下去，不会一直这样一片雪白。它们意识到阳光将重新普照。春回大地时，草木将重新呈现一片绿色……

它们感觉越来越冷，全家人紧紧地蜷缩在一块儿，抵御着寒冷，安静地睡着了……

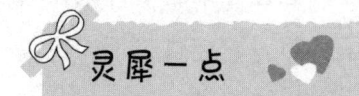

灵犀一点

虽然没有人告诉松鼠，但它们坚信，再冷的冬天终将过去，美丽的春天终会到来。身处黑暗，心向光明。身立寒冬，心怀春晖。昂扬乐观的精神力量，永远是成功人生的助推器！

春天的信使

微信扫码
✓ 观看动物百科
✓ 加入话题讨论
还可以参与配音达人活动哦

海豹历险记

第一章　春天的森林

春天来了，森林里来了许多鸟儿，小牧人也开始做柳笛了……

"布谷！布谷！"杜鹃在树林上空飞翔，在草地上空飞翔，在蓝天白云间歌唱。

放牧工弗朗抬起头来，眼睛直盯着天空中飞翔的灰色杜鹃，随手拍了拍身边的一只花母牛，嘴巴凑到它的耳朵边，悄悄地说："标标，乖一点儿，替我看守一下牲口群吧！"

弗朗说完，拍拍那头母牛，转身向小河边跑去。

弗朗跑到河边一棵柳树下，从裤兜里掏出一把锋利的小刀，割断一根柳条，那柳条很鲜活，充满汁液。他坐在草地上，用小刀熟练地削着柳条，很快，他做成了一根柳笛。

弗朗一边用刀柄轻轻地敲着树皮,一边喃喃自语:

穿着木屐,的笃的笃,
领着牲群,草地放牧。
我有点心,味道美兮,
吃我点心,布谷欢啼。

这是一种迷信的传说,据说这样一念,树汁就会流出来。

弗朗把柳条轻轻地扭转着,树皮一圈一圈开始从枝条上剥离脱落。他又在脱落的树皮上钻几个小洞,一只柳皮笛子就做好了。

他站起身,昂起头,直挺挺地站着,把笛子凑到嘴唇边,吹了起来:"咕咕,咕咕!"

在柳梢的笛音中,春天就这样拉开了帷幕。

此时,四周一切都很安静,小雏菊刚刚开始发芽,散布在整个草地上。春风吹动着森林中刚刚变绿的枝条。突然,传来"布谷,布谷!"的叫声,勤劳的杜鹃飞来了,它叫了几声。弗朗的笛子随声相和。

随后,大地再次寂静下来,只听见风声。

一天清晨,牧场边的森林里忽然响了起来:

"叽里,叽里!"

"辛克,辛克!"

"呜咕噜,呜咕噜!"

"史替格利特,匹开尼特,匹开尼特,基,克勒啊!"

"脱利叽叽,脱利叽叽!"

"的克的克,的克的克!"

人们听见这一片喧哗声,以为所有的树木都在唱歌了。

人们发现,各种鸟都来了。那些橄榄色的翠雀,叫声好像铃声一样清脆。

那些戴胜鸟的冠毛,一会儿伸展开,一会儿收拢去,嘴里还不住地唱着:"猴泼,猴泼!于泼,于泼,希儿儿儿儿!"

斑鸠们互相唱和着,燕雀也不停地张开小嘴,黄莺则躲藏在灌木丛里歌唱。

那些啄木鸟、金翅雀、灰雀等,鸣叫着分散在每棵树上,每簇灌木里,甚至每根枝条上。

松鸦的叫声非常尖锐,云雀的叫声快乐而婉转,仿佛要把万物复苏的快乐传播到天上去:

"叽里,叽里!居衣,居衣!"

"叽里,叽里!居衣,居衣!"

很快,鸟儿们开始在灌木丛或是树杈上选择自己筑巢的地方,大多数鸟儿运气不错,都找到了自己去年的旧巢,只要稍加修正,那些被秋风冬雪破坏了的巢穴便可以住了;没有找到旧巢的鸟儿,也很快在树枝间筑好了新的巢穴。

筑巢对于鸟儿来说,算不上什么大问题,它们能够轻轻松松搞定。当这一切很快处理好之后,便有了一种回归故里的温馨。

鸟儿们成双成对地合伙动手干活,它们搬运着稻草,搬运着马身上掉下来的鬃毛,搬运着挂在荆棘上的羊毛,还搬运着黏土、羽毛和草叶。它们一个个都非常忙碌,在

海豹历险记

空中飞来飞去，它们热情高涨，离开树枝飞出去时唱着歌，回来的时候嘴里都衔着筑巢的材料。

弗朗坐在草地上，看着那些鸟儿忙来忙去，听着它们的叫声，好像听懂了它们的语言和歌声。

翠雀向黄莺诉苦："辛克，辛克！我们在一棵巨大的山毛榉树上选定了一个地方，我们的巢已经做得差不多了……可恨的是竟然有戴胜鸟安顿在我们上面。"

"居衣，居衣！多么可恶啊！"

"必须避开它们！"

"它们多么邋遢，不讲卫生，从来不会打扫巢穴。"

"是啊！戴胜鸟实在是令人讨厌的鸟类，没办法，我们只好重新寻找地方，这才把巢穴安排在这颗灰色的白桦树上。"

知更鸟在山楂树丛中得意地唱道："谁也找不到我的巢！谁也找不到我的巢！"

山雀说："叽脱，叽脱！我们住在一棵老橡树的树洞里。"

各式各样的巢穴都修补好了，无忧无虑的鸟儿们除了歌唱之外，没有别的事情可干了。

第二天，太阳刚刚升起，鸟儿们就唱起来了：

"叽里，叽里！居衣，居衣！"

● 春天的信使

"叽克，叽克！脱吕克，脱吕克！"

"居吕，居吕！脱吕衣，脱吕衣！"

"比利，比利……"

太阳落下山去，鸟儿们终于安静下来，大地重归沉寂。

鸟儿们自由自在地飞翔，尽情地歌唱，是多么幸福啊！

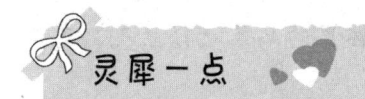

灵犀一点

春天来了，大地绿了，各种鸟儿回来了，森林里一下子热闹起来，到处充满着生机。春来草自生，万物皆及时。我们的人生，亦有最美好的时光。应当在最美好的时光里，做最有意义的人生大事。

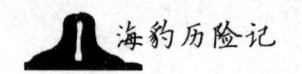

第二章 杜鹃的尴尬

每当听到杜鹃的歌声,森林里的鸟儿就很生气,鸟儿们为什么不喜欢杜鹃呢?

但是,有一天……

当杜鹃掠过树林和灌木丛,发出"布谷,布谷!"的叫声时,所有的鸟儿都吓得不敢出声了。

仅仅过了片刻,鸟群爆发出愤怒的喊声:"强盗!杜鹃是强盗,我们一起撵走它!"

可是杜鹃已经飞远了,小鸟儿们重新鸣叫起来,一起唱着一曲柔和的歌曲。杜鹃虽然离开了,但是它早已把鸟儿们的巢穴看得一清二楚。它看到知更鸟的巢在灌木里,非常隐蔽;山雀的家在老橡树上;斑鸠的大巢在松树上,而且是用灌木的细枝编织成的。

春天的信使

"布谷,布谷!"

当杜鹃掠过牧场上空时,弗朗已经把他的牲畜群赶到山上去了。放牧前,他已经在树林周围转了一圈,查看过那些鸟巢了。

鸟儿们都产蛋了,弗朗几乎数过每个鸟巢里的蛋。他攀上树,穿过灌木丛,轻轻地分开那些枝条,屏住呼吸,观察着那些小小的鸟卵。

斑鸠的巢里有两个卵;知更雀有5个卵,圆溜溜的,颜色浅黄,布满虎皮状黄色斑点;山雀的巢里有6枚白色雀卵,蛋壳上点缀着青铜色的斑点。

在地面上、草丛里和百里香树丛里,云雀的巢里装满了卵,旁边鹌鹑的巢里也一样。

鸟儿们在各自的鸟窝里唱着、跳着,不时拍拍翅膀,震得叶丛一阵抖动，露出草叶后面的一张小嘴、两只闪闪发光的眼睛，在一簇簇矮小的灌木里东张西望。

黄昏时分，鸟儿们一个个才刚刚安静下来。

这时，忽然传来"布谷，布谷！"的叫声，转眼间，杜鹃的黑影便飞到了鸟儿们巢穴的上方。

"杜鹃来了！杜鹃来了！"

鸟儿们乱成一团，七嘴八舌地发出警报。

是的，杜鹃来了。它在一根树枝上，抖动着身上的羽毛。它的叫声传遍了整个树林，随即，森林里每个听到杜鹃叫声的鸟儿，不约而同地传出气愤的叫喊声："撵走它！赶走它！保护我们的家！"

鸟妈妈们附和道："别怕，我们来帮助你们！"

于是，所有的鸟妈妈开始行动起来，它们飞出巢穴，离开了它们的鸟卵，一齐向杜鹃发起攻击。温和的黄莺愤怒地竖起羽毛，变成了个大毛球，都认不出原来的样子了；翠雀拍打着绿色的翅膀，猛扑过来；灰雀的大嘴虽然迟钝，这时啄起人来，也变得十分可怕。此外，知更鸟、山雀、金翅雀和鸫也在瞬间变成了猛禽。显然，杜鹃的到来激怒了所有的鸟儿，连落在后面的小小的鹪鹩也跟着叫喊冲杀。

"布谷，布谷！"

杜鹃尖叫着,很快消失在树丛中,它兜了一个大圈子,又回到了小树林里,而小鸟们还在朝前方搜索着它呢!杜鹃静静地停在山雀居住的橡树上,双脚正好落在树洞上面。它像个小偷那样,神情慌张地望望四周,然后飞快地把头探进非常隐蔽的巢里,来来回回4次,就把4个小卵弄出巢外,落在地上,摔得粉碎。

于是,杜鹃落到山雀铺好的苔藓上面,紧张而又激动地抖了几下身子。当它站起身时,已在那里留下一个杜鹃的卵,杜鹃的卵比山雀的卵大得多,可是颜色和它们的一样,也是白色的,还夹杂着青铜色的斑点。

于是,杜鹃张大嘴巴,小心地衔着还有点温热的卵,慢慢地放到山雀的巢穴里。

小鸟们追不到杜鹃，扫兴地返回了，它们的叫声里还满是怒气，翅膀使劲扑腾着。这时，夜幕降临，鸟儿们不敢在外面逗留，赶快飞回巢里。

山雀回到巢里，立刻感觉到异样，它大声痛哭起来，哭声一直传到树林的深处："我的卵，我亲爱的卵！"

山雀妈妈在橡树脚下找到了几个破碎的卵，在巢里发现了一个杜鹃的卵！她气得羽毛根根直竖，目不转睛地盯着那个杜鹃卵。

它在想些什么呢？

"西脱，西脱！"

山雀开始低声唱歌了。它可怜自己窝里的这个孤儿，忍不住对它产生了怜惜之情，于是开始孵化杜鹃送来的这只大蛋，连同窝里那两只杜鹃没来得及丢掉的自己的山

雀蛋。

杜鹃又在树林、小河和草地上方盘旋了一会儿，掉头飞回它居住过的原始森林里去了。在那里，它不安地飞来飞去，然后呆呆地一动不动想了好久，似乎在回想它还没出壳的不可思议的孩子。大自然妈妈没有教会杜鹃抚养和疼爱孩子的本领，它不会筑巢，不会孵卵，只能把自己生下的卵放到其他鸟儿的巢里去。抢占其他鸟儿的巢穴，并让别的鸟儿代为孵化自己的卵，它内心并不好受。无法安静的杜鹃，只能在树林里四处流浪，累了困了就睡在树顶上，从来不知道睡在暖和巢穴里是什么感觉。似乎为了适应它与生俱来的流浪生活，杜鹃的翅膀非常强大，能够像风那样自由自在地飞来飞去。

"布谷，布谷！"在杜鹃鸟的歌声中，大地苏醒了。

"布谷，布谷！"树木变绿了。

"布谷，布谷！"小河解冻了。

人类习惯称杜鹃为布谷鸟，在农民心里，布谷鸟是春天的信使。

海豹历险记

灵犀一点

　　杜鹃生来不会孵卵，只能借用其他鸟儿的巢穴，让它们代为孵卵，这就是森林里的鸟儿们不欢迎它的原因。我们不能损人利己。只有常怀利他之心，方能得到大家的认可与赞同。

第三章　童年的故事

春天是鸟儿们出生的季节，森林里一下子热闹了起来……

没过多久，鸟儿们渐渐不再天天唱歌了。它们产下的那些卵已经陆续孵化出来，鸟妈妈们变得忙碌不堪，不再有闲心歌唱了。它们需要喂养那些胃口很大的小宝宝，养育宝宝可是件累差事。

最先孵出来的是那些黄莺，它们的父母总是不停地在找寻苍蝇、蜘蛛和蚊虫，简直没有时间停一停翅膀。

"脱吕衣特，脱吕衣特！"

它们在飞行中勉强跟别的鸟儿打声招呼，7张小嘴在巢里直嚷着肚子饿了，捕猎食物才是它们最主要的事。

其次是翠雀，生了5只小鸟，也够新妈妈们忙的。

海豹历险记

那些鹟鹩跳来跳去,在附近飞来飞去,叽叽喳喳在交头接耳:"脱来……脱来……叽里!脱来……脱来……叽里!我们该捉些苍蝇给这6个小东西吃。"

这时,一个低沉的不易觉察的声音传来:"呜咕克鲁!"原来是两只小斑鸠破壳而出了。

经过了16天的孵化,小戴胜鸟也出世了。戴胜鸟妈妈却不用忙着给孩子去张罗吃食,因为戴胜鸟家族都不喜欢打扫卫生和整理巢穴,所以它们的巢穴里一直很脏,臭气熏天,倒是吸引了附近的很多苍蝇前来。苍蝇在戴胜鸟的巢里产下许多卵,小戴胜鸟出生时,巢里早已生出许多肥胖的蛆虫。

老戴胜鸟非常高兴,它冷眼看着其他小鸟那副忙乱的样子，得意地叫道："吁泼，吁泼！"

它煞有介事地蹲在巢边上，好像待在一个真正的"开心家园"里！戴胜鸟连动都不用动，那些白色的小虫会自己掉进它的嘴里。

山雀妈妈整整12天没有离开杜鹃的卵，为了温暖孵化这个又大又硬的卵，弄得它累极了。

它的亲生孩子昨天出世了，山雀妈妈感到很幸福。她打算去替小宝宝捉些蚜虫。只因为腹下还有一只又大又硬的杜鹃大卵，它只好坚持趴在窝里不动。于是，喂养小宝宝的任务，便落到了山雀爸爸的身上。

杜鹃妈妈有时也会出现在附近，它悄无声息地飞到山雀的巢穴旁边，不出声音，一会儿又消失得无影无踪了。

杜鹃宝宝终于要破壳而出了，它刚一伸出嘴，就已经非常锋利了："笃笃笃！"它不停啄着蛋壳，总算钻了出来。它顶着一个大脑袋，全身黑色，没有羽毛，两只眼睛圆圆的。山雀妈妈看看它的样子，有点惊讶。

杜鹃宝宝饿坏了，生气地叫着。

"西脱，西脱！来了，来了，来了！小家伙，别心急，我马上去找吃的。"山雀妈妈说完以后，急急忙忙飞了出去，给这个大头宝宝寻找第一份口粮。

这时，杜鹃妈妈赶来了，它看到自己的宝宝，开心地说:"布谷,布谷!你终于出来了!我已等你好久了!"

山雀妈妈回来时,嘴里衔着一只小苍蝇。

"西脱,西脱!"两只山雀宝宝对妈妈伸长脖子。杜鹃宝宝推开两只山雀宝宝,凑上去一口吞下了那只小苍蝇。

这时,山雀爸爸捉到一只蜘蛛,也飞回来了。杜鹃宝宝又从它嘴上抢下来,把蜘蛛一口吃掉。

山雀妈妈着急地说:"快点再去找食物啊,你瞧,这两只小的宝宝,一点东西也没有吃到呢!"

说罢,它俩又一同飞了出去。

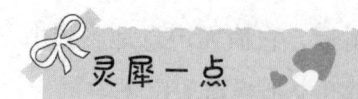

灵犀一点

在小鸟的成长过程中,鸟爸爸、鸟妈妈们为了养活它们,付出了很多心血。谁言寸草心,报得三春晖。父母养育之恩,当时刻铭记,报答始终!

微信扫一扫
一起来揭秘动物大百科吧!

第四章　哺育的辛苦

杜鹃在鸟儿们心目中,是令人讨厌的坏家伙,但它也不是一无是处,它有什么益处呢?

这时,杜鹃妈妈已回到森林,原来,这个无忧无虑的春天的使者,也是大森林里的益鸟,是森林的保护者。

许多丑陋的毛毛虫在树干和枝杈上爬行,那些小鸟儿见了它们直摇头,人类对这些毛毛虫也感到束手无策。这些破坏植物的虫子数量巨大,就像一个大部队,所到之处,无论是叶子还是果实的皮层,它们都要啃着吃。人们特别头疼,鸟儿虽然很讨厌这些毛毛虫,却无计可施。这时,它们发现杜鹃勇敢地飞过去,用嘴不停地捕捉那些毛毛虫。一个早晨,一只杜鹃就能消灭上千条毛毛虫呢!如果没有杜鹃,树木就会被毛毛虫啃到枯萎,甚至整个森林都会被破坏掉。

这些害虫一天天减少了，森林得救了，杜鹃就是以这样的方式，报答那些鸟儿们照顾它孩子的恩惠。如果树林被毁灭了，鸟儿们就没有地方筑巢，没有地方生活了。对于鸟儿们来说，树木是鸟的村庄，森林是它们的大家园，美丽又神秘。那些村庄的名字分别叫橡树村、山毛榉村、榛树村、白桦村和松树村。

一向围着鸟巢转的鸟儿们，现在也在小树林里四处游荡了。它们互相串门，介绍自己正在学习飞行的小宝宝们认识。只有山雀没有时间去参加这种聚会，因为小杜鹃总是叫着肚子饿，嘴里的食物还没全吞下，又开始喊饿了。

小杜鹃渐渐长大了，它的个头明显比山雀大许多，现在巢穴的空间只够小杜鹃独自居住，那两只小山雀对它来说有点儿碍手碍脚了。

有一天，小杜鹃钻到一只小山雀的身子下面，把它顶了起来，推出巢外。没过几天，它觉得地方还不够，又展开翅膀，紧紧地压在另外一只小山雀身上，很快就把它闷死了。现在这个巢完全归小杜鹃了，连两个养父母都进不去了。

山雀爸爸和山雀妈妈只好睡在巢旁的树枝上，挤在一起。它俩常常在睡梦中被养子的尖叫声吵醒。

每天天不亮，山雀就已经出去捕捉昆虫了。为了喂养小杜鹃，它俩整天忙忙碌碌地飞来飞去，就算比其他鸟儿捉到更多昆虫，也剩不下多少，多数喂给了小杜鹃，自己只是偶尔吃上一小口，维持生命，不致饿死。

其他小鸟已经注意到山雀的行动，翠雀跟随它俩来到它们的巢前，顿时看明白了它们的状况。

翠雀回去对其他小鸟说："你们可曾见到过山雀的小宝宝？它生得又大又丑，叫声又尖又难听。"

鹈鸪说："那不是山雀的孩子，是杜鹃的孩子。"

顿时，整个小树林都叫了起来："在山雀家里，有一个杜鹃宝宝！一个杜鹃宝宝！"

金翅雀说："喂养这种小家伙是很辛苦的。"

知更鸟说："我想起来了！你记得吗？去年，杜鹃曾经在我们的巢里产卵来着,那个卵的颜色同我们的卵颜色一样。所以我们很喜欢它,我们把它孵化出来,像喜欢自己的孩子一样喜欢我们的小杜鹃。它生长得好快啊!没几天巢里就已经容不下了。它的胃好像一个无底洞,搞得我们很辛苦!当它开始会飞的时候就更糟了,简直追不上它,我们飞来飞去,好像在捉迷藏一样!它飞得很快,简直神出鬼没,我们一个转身没看见它,忽然听到'布谷,布谷'的叫声,回头一看,它早飞到山楂树上了!我们赶紧飞过去,一抬头它又不见了。小杜鹃又停到远处一棵枞树顶上,'布谷,布谷'地呼唤着我们。"最后,知更鸟总结说:"你们要晓得,小杜鹃真的很有趣。"

森林里的鸟宝宝们已经长大不少,开始跟着爸爸妈妈学飞行,树林里满是鸟儿们振动翅膀的声音,小鸟儿已经飞得像它们的父母一样好了。

那只小杜鹃从树里探出头来,一边看着小鸟们在玩游戏,一边拼命嚷着肚子饿。

有一天,小杜鹃独自在巢里,听见"布谷,布谷"的叫声,它的心莫名被打动了。

一只灰色的鸟栖息在它巢旁的枝杈上。小杜鹃激动起来,有生以来第一次发出叫声:"布谷,布谷!"

同时,它感觉自己的身体里和翅膀上已经蓄积了许多力量，它只有一个念头：离开巢，飞出去！

"布谷，布谷！跟我来，那边的原始森林在等着你！"

听到大杜鹃的呼唤，小杜鹃按捺不住心头的激动，它站起身，探出头，又收紧喉咙叫了一声："布谷，布谷！"

无奈橡树的洞口太小，它被卡在里面了。小杜鹃挣扎着，撕扯掉许多羽毛，杜鹃妈妈扑棱着翅膀，在旁边不断的鼓励它，呼唤它。可是，小杜鹃仍旧没有成功，小杜鹃怎么也出不去，杜鹃妈妈只好扫兴地回到森林里去。

山雀回来后，小杜鹃还在叫嚷，挣扎得气喘吁吁。它们立刻明白了，柔和地唱着："杜鹃，可怜的杜鹃啊，别发愁，我们会陪着你的。看，我给你带回来一条肥大的毛毛虫。你不是一直说毛毛虫的味道很美吗？等一等，我们还要去替你找些更好的东西来，你喜欢吃蜘蛛吗？"

翅膀长硬了，却仍未掌握飞行的技巧。小杜鹃闭上眼睛，不愿意看到其他鸟儿在外面自由自在地飞行。

小杜鹃始终饿着肚子，似乎一直没吃饱过。现在，小杜鹃唯一的快乐，就是听到妈妈的叫声。它时常飞来，栖息在孩子身旁的树枝上，告诉它什么是风，什么是春天，什么是云，什么是大森林，什么是长途旅行……

海豹历险记

灵犀一点

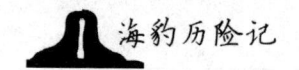

　　大自然造物很神奇，有优点，也会有缺点，就像人类一样，金无足赤，人无完人。尽管人无完人，我们也应该努力完善自我，不断提升自己的品德、修养、学识与境界。

第五章　留守的杜鹃

冬天来临之前,鸟儿们开始为迁徙做准备,小杜鹃因为长得太大,卡在巢里出不来,后来它怎么样了?

田里到了收割的季节,那些番红花以赤黄色的花柱点缀着草地。

弗朗领着牲畜群回来了。

在树林里,喧哗的争论代替了歌声。

鸟儿们准备向温暖的地方出发了,在长途旅行以前,它们有许多事情要商量。第一项决议就是选出一个头领,能够带领所有小鸟旅行。

鸟儿们即将开始几千公里的旅行,即使长途飞行,它们也不会迷路,那是鸟儿们的天赋。每年春天,鸟儿重新回到这个地方,在树林里抚养它们的小鸟。等到秋叶开始

海豹历险记

飘落的时候，它们就会离开，一直等到下一个春天重新回来。

鸟儿们迁徙来往的路线总是一样的。旅途的终点，无非就是从北方到南方，在天空中，由许多鸟翼交织成一张看不见的大网。鸟儿迁徙的队伍浩浩荡荡，十分壮观。

燕子们最先离开了村子，戴胜鸟也在集合了。它们从四面八方飞来，10只，20只，30只……那边又来了一只、两只……它们都汇集在一棵老橡树的枝条上。在阳光的照射下，五颜六色的羽毛闪耀着斑斓的光芒，好看极了。它们长着冠毛的小脑袋不停地摇晃着，一向纹丝不动的老橡树，忽然变得像个游乐园一样。

"猴泼！猴泼！希尔！"

它们接连叫了两天，集结完毕，一齐就朝非洲的方向飞去了。

再晚些时候,一大群翠雀也离开了树林,好像一朵绿云飘走了。它们到什么地方去呢?它们呀,到西班牙去。

弗朗看着那些南飞的鸟儿,挥舞着帽子,喊道:"祝你们一路平安!"

弗朗注视着飞行中的鸟儿,数着已经出发的和即将出发的鸟儿们的种类。

那对山雀还没有出发,身边有它们的小杜鹃,只听见它不停地喊饿。山雀夫妇比杜鹃初生时期更加喜欢它,更愿意照料它。可是天气越来越冷,日子越来越艰难了,苍蝇差不多没有了,其他小昆虫也渐渐稀少了。小杜鹃老是喊着肚子饿,比以前吵闹得更厉害了。

可怜的山雀开始有点儿不安起来。它俩低声耳语着,仿佛商量着什么秘密的事情。

"我们离开的时间快到了,没多久,也得出发了……"

出发的日子终于到了,这一区域的山雀已经在小树林的边缘集合了。

"西脱,西脱!"雀群呼唤着来迟的山雀,"赶紧来,该走了!该走了!"

那对山雀心神不安地抖动着翅膀,它们还挂念着小树林里的那棵老橡树。但是,大自然的规律不会变更,它们

海豹历险记

必须要赶在下雪之前离开这里，否则就会被冻死。

踏上旅途的时间到了。

"西脱，西脱！"这是这群山雀发出的最后一次召集令。

山雀群起飞了。山雀夫妇想：再给我们的小杜鹃喂一口食物吧！那对山雀捉到最后一条小虫，到巢前去喂给了小杜鹃。离别时，它们伤心地掉转头，径直向天空中飞去。

小杜鹃独自留在树洞里，焦急地等候山雀回来，它把头探到洞外，一动不动地盼望着。

好长久啊！它们怎么不回来呀？它们为什么还不回来呢？饥饿让小杜鹃开始感到非常难熬。自破壳以来，这种可怕的饥饿感就从来没有离开过它。

"布谷，布谷！"小杜鹃不断地呼唤山雀，但是回答它的只有风吹树木的窸窣声。

它饿得没了力气，不再发出声音，开始感到恐惧了。

隔了一会儿，小杜鹃再次发出恐慌的叫声。

太阳落山了，树林里暗了下来，小杜鹃的尖叫声打破了四周的静寂。它的叫声逐渐微弱下来，远处传来一阵阵回声。

冬季来临，农闲时节，不知是森林里哪位好心的仙女在弗朗的耳边轻轻地说：到树林里去采香菇吧。

第二天大清早，弗朗高高兴兴地跑到树林里的树底下，两手插在口袋里，两眼睁得很大。

"啊哈！一只香菇！两只香菇！三只香菇！好哇！"

"啊哈！还有一只毒菇，红白相间。虽然生得这样好看，却是不能吃的！"

弗朗俯身欣赏那只美丽的毒菇，这时候，忽然传来一声刺耳的鸟叫声："布谷，布谷！"

弗朗抬起头，顺着鸟叫声向上望去。

"是什么东西在叫啊？"

"布谷，布谷！"

"布谷，布谷！"

他朝着叫声传来的方向，一直走到树林里，越往前走，声音越清晰。

弗朗走到一棵橡树的前面。这时候，又响起了"布谷"的叫声，声音是那么绝望。

"它在哪里呢？"

弗朗前前后后，上上下下，左看右看，最后把目光停留在上面。

"啊！在那儿呢！"

他看见橡树的树顶上有一个巢，有只可怜的小杜鹃正探出头来，艰难地张着嘴巴，声音微弱到差不多叫不出声来了。

弗朗攀上树去，爬到鸟巢旁。

"哦，原来是它生得太大了，钻不出洞来。可怜的小家伙，等一等吧。"

弗朗说着，拿出刀子，为了不伤到小杜鹃，他小心翼翼地凿去树皮。小杜鹃见状，害怕得发抖，蜷缩在巢底。

树洞被越凿越大……

弗朗微笑着说："别着急，这就好了！"

他伸出黝黑的手，从巢底掏出小杜鹃，把它放在衬衫上贴近胸口的口袋里，然后滑下树来。

他滑到地上后，掏出小杜鹃抚摸着它的羽毛，说："不要怕！我不会伤害你的！"

小杜鹃吓坏了，在弗朗手里一动不动地趴了好长时间，过了好一会儿，才胆怯地抖了抖还没有展开过的翅膀。

捧住小杜鹃的两只手很温暖，这股暖流增加了杜鹃的勇气和力量，它又抖了抖，翅膀逐渐灵活起来。

弗朗摊平手，小杜鹃蹒跚地走了几步，又过了一会儿，它一下子展开大翅膀，扑棱着飞走了。

它自由了，真的自由了。

灵犀一点

在人类的帮助下，杜鹃得救了。关爱他人，互帮互助，是高尚的品行，也是让世界更加美好的诀窍。

小野兔飞陆

微信扫码
✓ 观看动物百科
✓ 加入话题讨论
还可以参与配音达人活动哦

海豹历险记

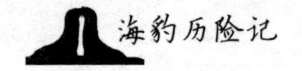

第一章　野兔学觅食

飞陆是一只刚出生的小野兔，可是妈妈只照顾了它半个月便走了，它是如何活下去的呢？

小野兔飞陆是个被遗弃的孩子。在它出生之前，爸爸就被狼吃掉了，姐姐也被猫头鹰叼走了。它出生后，妈妈寸步不离地照料着它，给它喂奶，抚摸着它，没想到，两星期之后，妈妈就离家出走了。

妈妈起先还常常回到窝里给小野兔喂奶。它总是悄悄地回到家里，拍击着耳朵。飞陆听到这个声音，就会赶紧跑过去。

可是，好景不长，两个星期之后，飞陆的妈妈就再也没有回来过。从此飞陆再也听不到妈妈拍耳朵的信号了。

按照野兔家族的生存规则，野兔的妈妈不管小兔子的

小野兔飞陆

教育，但是，野兔宝宝出生后就能收到大自然馈送的三样礼物：一件隐身衣，两只顺风耳和两双飞行鞋。

所谓隐身衣，就是指野兔身上泥土色的皮毛；两只顺风耳，就是那对能够听见几公里之外微小声音的大耳朵；飞行鞋，是指它们的腿，野兔的前腿短，后腿长，脚尖上长满毡子似的浓毛，跑起来毫无声音，而且速度极快。

飞陆的窝在森林的边缘，在高原和盆地之间半山坡上的一棵枞树底下。那是它自己在地下掘出来的。它洞穴上面的那棵枞树还很年轻，生得也很好看。它的枝条下垂到地面。枞树四周还有许多苔藓和百里香。

枞树的一根枝条向上稍微动了一下，隔了一会儿，又动了一下。一个褐色的小脑袋小心谨慎地探了出来。忽然，"扑通"一声，飞陆一下子跳到草地上，坐在后腿上，

海豹历险记

竖起两只大耳朵,用前爪捋捋胡须,像个主人一样,注视着盆地里的菜园。

它自言自语道:"一切都很好。我的胡萝卜长出来了,我的旱芹菜也长好了,我的卷心菜已经长得绿油油的,很肥壮了,我很想去尝一尝……嗯,我要有耐心,且慢些,别胡来!现在还是大白天,不能离那些房屋太近了。还是先到别处去看看吧!"于是,它翻了一个筋斗,跳了四下,就爬到高地上去了。飞陆的两只大耳朵贴在背上,飞快地跑到远处的小丘上。忽然,它停了下来,刨开一棵甜萝卜四周的泥土,大口大口地吃起甜萝卜。

这是一顿耐饥的午餐,吃完后,它又翻了一个筋斗,离开了那里。一只大竹鸡见它跑近,就站起身走开。飞陆一纵身,朝另外一个方向奔去,它迎面碰上一只田鸡,于是,掉头转身跑去,随后又遇到一只野鸡,于是它又翻了三个筋斗,很快消失在树林里了。

夜幕降临,飞陆竖起大耳朵,朝着盆地的方向倾听着。只听那边有流水声,那是什么呢?原来是一条小河。那边又传来"呱呱"的声音,那又是什么呢?原来是一只癞蛤蟆在唱歌。还有一个低微的声音,又是什么呢?原来是一只蝙蝠在追捕飞蛾。

不错!这一切都令人安心……狗已经睡了,村中的灯

148

火也熄灭了……飞陆，是时候出发了，现在可以下去了。

于是，飞陆穿过山坡上的树林，跑过草地，在荆棘篱笆里打通一条路，径直闯进菜园里。

到了菜园，它就停下脚步，一门心思地排着晚餐的菜单：

冷盘：旱芹菜梗

第一道菜：新鲜胡萝卜

第二道菜：新鲜白萝卜

第三道菜：各色凉拌菜

饭后点心：香芹菜

饮料：露水

接着，这个嘴馋的家伙像个小偷一样，跑遍所有菜园，吃掉最好最嫩的蔬菜。

旱芹菜真好吃，汁水多，正当它嚼着最后一片沾着露水的菜叶时，雄鸡的第一声啼叫响了起来。飞陆吓了一跳，赶紧溜走，一眨眼的工夫就已跑到田野里了。

繁星暗淡下去，东边的天空开始透出红色。

突然，有一样东西猛地从它的鼻子下掠过，那是一只云雀。它一直飞在天上，嘴里叫着："居衣，居衣……叽里，叽里……"

意思是："晚上出游的动物，回家去吧。白天出行的动物，醒过来吧。太阳照耀着，照耀着……"

飞陆急忙回到窝里。

整个白天，飞陆一直窝在家里睡觉，做梦。它的耳朵却一直保持着警惕，即使在梦中依旧戒备着。它能听见周围的一切动静：一只田鼠急促地小步前进，一条水蛇在石头间滑动，落叶发出窸窸窣窣的声响……

对于飞陆来说，世界上的声音分为两种：朋友的声音和敌人的声音。杜鹃的"咕咕咕"、蜜蜂的"嗡嗡嗡"、鸽子的"咕噜咕噜"、青蛙的"呱呱呱"、雄鸡的"喔喔喔"……这些都是朋友的声音。听见这些声音，它就可以安安稳稳地留在窝里。

但是，有些声音会让野兔恐惧：乌鸦的"呱呱呱"、狗的"汪汪汪"和"砰砰"的枪声……野兔一听见这些声音，本能的选择就是逃跑，拼命地逃跑！飞陆分得清东西南北，因为不同的方向有不同的声音和气味。

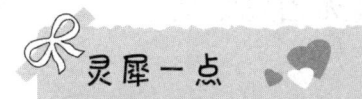

灵犀一点

野兔天生就有几样本领，能让它在出生半个月便拥有独立生活的能力。那些能力是超强的奔跑能力、超敏锐的听力和与土地颜色相近的隐身皮毛。具备一技之长，拥有一项之能，方能立身处世。

海豹历险记

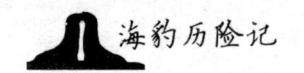

第二章　遇见小美女

小野兔在独自生活中，会遇到哪些动物呢？

夜幕再次降临了，飞陆又开始四处游逛起来。

"霍泼！霍泼！霍泼！"野兔真的很开心，可以自由地蹦蹦跳跳，可以和风赛跑。飞陆没有一步路是斯斯文文走着的，它总是不停地跳跃着，晃动着长耳朵，转着圈子，在田地和树林里奔跑。

由于总在这一地区跑来跑去，时间久了，它终于踩出了几条路线，通向四面八方。飞陆在那些路上用自己的气味做好了标记，只要用鼻尖一嗅，立刻就能找到属于自己的跑道。

整个地区里的东西，飞陆闭着眼都能分辨出来，一簇簇的草丛、一块块的石头、一堆堆的泥堆，它都记得很清楚。什么沟呀、树洞呀、荆棘丛呀，任何一处可以隐藏的地方它都勘察过。

如果它在奔跑中看见什么新鲜事物，它都会马上跑过去看个究竟。如果遇到的是一块界石或者一根木桩，没有问题，它就会很安心。如果碰到的是一只活物，即使再渺小，对它毫无害处，譬如一只壁虎，它也会吓得要死，发疯似的逃走。谨慎小心过分吗？对于飞陆来说是一点儿都不过分。

日子一天天过去了，麦子已经长得又高又密。胡萝卜和白萝卜的叶子遮住了小路，野兔可以在叶子下面奔跑，不会被发现。从那天开始,飞陆便放弃了它的枞树。每天早晨,它凭着风吹来的声音和气味,随意找到一个新窝。

一天早晨,飞陆在本区域边缘的两行漂亮的白萝卜之间,掘好一条小沟,当作自己的小床。它把两只耳朵贴在背上,头朝北方,准备睡觉。

可是,在它闭上眼之前,它的耳朵忽然竖了起来,它听见一只野兔正在向它奔来的声音,它还望见天空中有只大乌鸦,朝着同一个方向飞来。

突然,一只小小的雌野兔窜到飞陆的沟里来了。

"当心,当心!"飞陆向它低声说道,"乌鸦正追你呢。你向右走我的密道吧,那条路通到我的麦田里,那边没有危险。我跟着你。"

于是,它们跑进了飞陆的藏身之地。

飞陆打量了一下这位新朋友,发现它是一只漂亮的雌野兔,比它稍微小一点。能够遇到一位同种族的朋友,飞陆非常激动,它的心跳动得很厉害。

它问:"你叫什么名字?"

"我叫金莲,你呢?"

"飞陆。"飞陆回答。

"飞陆,你救了我的性命,谢谢你!"

"金莲,我们两个是在这里长大的,年纪也不相上下,你孤身一个,我也孤身一个。我们交个朋友吧,永远不要分开了!"

从此,金莲就和飞陆形影不离了。

"霍泼!霍泼!霍泼!"

飞陆从一条小沟里跑过,消失在矮树丛里。

"霍泼!霍泼!霍泼!"金莲紧跟在飞陆后面,也在远处消失。

"霍泼!霍泼!霍泼!"

它俩又一同出现在田地里了。它们在开着蓝色矢车菊的麦田里打滚,然后一口气穿过属于它们的广阔领地,去吃一棵大花菜。

它们吃完大花菜,又跑到飞陆的老窝附近大口大口地嚼起百里香。多么丰盛的饭菜啊!在月色皎洁的晚上,它俩还会到林间的空地上去跳舞。

灵犀一点

野兔飞陆在植物茂密的时候,遇到了一只雌兔,它们成了好朋友。友谊与爱情的滋润,让世界更加美满和谐。

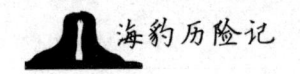

第三章　一对小情侣

野兔飞陆遇到母兔金莲后,它们在一起相处得怎么样呢?

有一天晚上,它俩在那儿玩游戏,正在高兴地翻筋斗的时候,忽然遇到一只狼,迎面向它俩扑来。这简直太可怕了!

它俩立刻没命似的逃走,一个劲儿地狂奔,一口气跑了四五公里,它俩才在安全地方聚在一起,内心别提多么快乐了!

它俩还曾在林间空地上目睹一只刺猬和一条蝮蛇激烈地战斗,看得目瞪口呆。

它们还在那里遇见过一只獾慢吞吞地走过去,那副蠢头蠢脑的样子,真是太可笑了。

有一天，金莲在田地边的窝里休息，它觉得脚底下的泥土在往上拱。过了一会儿，它看见一只鼹鼠张着嘴从泥土里钻了出来。

时间过得很快，简直跟这两只野兔飞奔的速度一样快。到现在为止，它俩一起躲过了许多危险。狼呀、鹫呀，都没能成功袭击它们。它们总是用闪电般的速度把自己带到安全的地方。也许有人会以为它们的腿上有什么魔法呢！

然而这段时期，飞陆和金莲总是感觉有点儿不安，它俩预感到某些事情将要发生。

有一天晚上，它俩醒来，看到自己美丽的麦田里什么东西都没有了，原来的地方只剩下一片麦茬儿，再也不能给它们提供什么隐蔽了。

随后，整整一块地的苜蓿也不见了，接着白萝卜和卷心菜也没有了。

一向喧嚣震耳的蟋蟀忽然安静了……那些小丘上开满了欧石楠的花，远远望去，一片淡紫色。还有，那些杜松上结着一颗颗蓝色的小球。

飞陆对金莲说："这一切都让我觉得不舒服。"

金莲说："我们要不要到树林里去看看那里怎么样了？"

可是，树林里也变样了，到处是可怕而神秘的声音：

海豹历险记

喃喃的声音、窸窣的声音……仿佛树林里到处都是妖怪。

其实，那是树叶落下来的声音。

金莲颤抖着央求说："我们快逃吧！快逃！"

它俩趁着夜晚跑下盆地，穿过那些光秃秃的田地，跳过许多凹沟，最后在一道围墙前停了下来。

飞陆向金莲指了指一条小路喊道："从这里过去！"

草地上落满红苹果，果园里一片芬芳。金莲啃着一只苹果，说："飞陆，味道真好！以后，我们每天到这里来，好不好？"

飞陆翻了一个筋斗，扔出一只苹果，苹果向斜坡下滚落下去，它在后面追着，算作对它的回答。

它俩在那里过得非常快活，直到雄鸡叫了第一声才

小野兔飞陆

离开。

那是秋季一个宁静的早晨,天空还是灰蒙蒙的。忽然,一声枪声响起,很快又是第二声,跟着又一连几声,还夹杂着疯狂的喊声和狗叫声。

田地里,田鼠们"吱吱吱"地尖叫着跳进洞里,竹鸡和鹌鹑吓昏了,向四面八方逃走。不一会儿,田地里走来一队猎人和一群猎狗。

飞陆和金莲连忙离开它们的窝,朝不同的方向仓皇地逃走。飞陆穿过田地,金莲跑向树林。

飞陆的耳朵贴在背上,疾风似的奔驰着。它他听见身后有一只大猎狗嘶哑的呼吸声。

这只猎狗能认出野兔的秘密踪迹,它只要把鼻子凑到地面上就能知道。它一边狂叫,一边追逐着飞陆。飞陆向左边一跳,接着又向右边一跳。猎狗受了迷惑,落后了一点儿。

枪声和叫声打破了田野的宁静气氛。飞陆越跑越快,越跑越急,它平生从来没有跑这样快过。一眨眼,它已经跑到树林的边缘了。

猎狗又追赶上来,它愤怒地叫着,舌头伸在外面。

飞陆感到筋疲力尽。它的心脏剧烈地跳动着,以致呼吸都有些困难。它累得快抬不起头了,贴近地面。突然,

海豹历险记

它发现它脚下的草地上有一股熟悉的气味。没错,这里一定是另外一只野兔的小路!

这个发现使它振作起来,它冲进了那条狭隘的跑道。这时,附近一棵杜松的枝条挡住了那只猎狗的视线。

"霍泼!"

飞陆拼命一跃,跳到了旁边,从树下钻了过去……向相反的方向奔驰而去。

猎狗一点儿没有察觉,它睁大两只血红的眼睛,鼻子总是在地面上嗅着,没找到飞陆,只好转头去跟踪另外一只野兔了。

飞陆穿过树林,来到一片沼泽地里。这里已经听不见人声,枪声也渐渐减弱了。

它又跳了几下,跳到灯芯草丛里,它已经疲惫不堪了,不由自主地一头倒在这个隐蔽的地方,大口大口地喘着气。它一直休息到深夜,才决定离开这个避难场所。

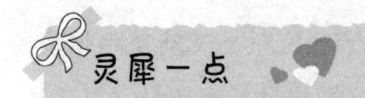

灵犀一点

两只野兔在一起非常开心,却因为猎人的追击,不得不分开。人生不会一帆风顺,迎难而上,才是解决问题的正确方式。

☀ 小野兔飞陆

第四章　美好的爱情

有一天，野兔在田里遇到了猎狗的追击，它们能躲过去吗？

天空中，数不清的星星在夜空中闪烁，四周很安静，但是飞陆依旧十分恐惧，枪声和狗叫声似乎还在耳边响着。它那天鹅绒似的脚落地比往常更加谨慎。

每隔一段时间，它都会停下来竖起两只耳朵，向四面八方探听消息。一些惊魂未定的鸟还在睡梦中发出惊叫，一只灰色的田鼠经过小路走远了，远处传来了猫头鹰可怕的叫声。

尽管飞陆还有点儿害怕，但它终于回到了平原上。它跑遍了那里的田沟，嗅着地面上的味道，倾听着四面八方的声音。但是，金莲没有出现在那里。于是它又跳跃着出发,在树林里搜索,可还是白费劲。

圆圆的月亮高高地挂在天空,月光照亮了整片树林。

一定是在树林中的空地上,在林中的空地上!飞陆想。

不,那里什么动物都没有。

也许在果园里吧?它很爱吃苹果。飞陆又想。

唉!金莲也没在果园里!飞陆忽然觉得它可能永远找不到金莲了。

在沉静的夜里,传来了悲哀的叹息声,那是飞陆在哭它的金莲。

此后,就是灰色的白天和寒冷的黑夜,别提多么凄凉了!不久,天空中开始飘起了雪花,漫长的冬天来临了,这对飞陆来说是多么无情啊!层层白雪覆盖了大地上的一切,好像一幅白色的床单覆盖了整个大地。香芹菜、胡萝卜、白萝卜、苜蓿,飞陆只能在梦中见到它们了。

飞陆在灯芯草丛中的窝里待了整整几天,感到自己的身子越来越虚弱。

如果它能够一动不动地待在那里就好了。可是饥饿迫使它离开那个安全之地,出来寻找食物。它一步步吃力地走到丛林旁边,勉强啃些小落叶松和小洋槐树的树皮。

唉!这些东西的味道可真难吃啊!它记得不远处的树

小野兔飞陆

枝上有冻得墨黑的小野李。于是它便跑过去,狼吞虎咽地吃着那些又苦又酸的果子。

飞陆说:"要是金莲在这儿就好啦!"

它在外面待了一阵子,又很快回到灯芯草丛里,它在那里直挺挺地躺着,头朝南方,睡过去了。

不知过了多久,一道阳光刺醒了飞陆,白雪渐渐开始融化了。于是,飞陆又在田地里开始奔跑,寻找剩下的那几棵叶子变红了的卷心菜。

这的确比树皮要好吃得多了。

后来,雪完全融化了,这一下到处是烂泥了。飞陆惊喜地发现冬麦开始发芽,它感到幸福极了!它跑到田地里,已好久不翻筋斗了,它忍不住在那里又翻了一个筋斗。

烂泥在风和太阳之下渐渐变干,草开始绿起来了,雏菊已经开花了,蜜蜂飞出了蜂巢。

飞陆在一棵野蔷薇下休息,阳光刺得它不得不闭拢眼睛。

它自言自语道:"我要到树林里去看看!"

树林里到处是白色的松雪草。松鼠们在树枝上互相追逐,小鸟们在唱歌。飞陆快乐地跳跃着。

一阵微风吹过,带给飞陆一阵熟悉的香气。它愣住了。接着它跳了几下,就和一只美丽的雌野兔迎面相遇了。

它们仔细地端详着对方,摇着头互相嗅着,竖起了耳朵。

突然,飞陆快活地跳起来。它是金莲,没错,就是金莲!

飞陆欢呼道:"金莲,金莲!"

金莲低下头,表示它没有认错。

"金莲,能够再见到你真是太幸福了!你知道吗,失去了你,我是多么悲伤啊!"

"跟你说说我的遭遇吧,从那个可怕的早晨起,我也没有一天快乐过,你记得吗?听见那些狗叫声和枪声以后,我就像疯子似的狂奔着,一直跑到晚上。停下来之

☀ 小野兔飞陆

后，我发现自己到了一个完全陌生的地方，那里还算安静，当时我还不敢回家。后来，冬天来了，白雪覆盖了大地，我找不到自己回家的路了。唉！我孤单单的，多么寂寞啊！"金莲说。

飞陆忍不住问它："现在，你打算在这儿住下去吗？"

金莲回答："现在，我要在这儿住下去了。"接着，它又轻轻地补上一句，"同你在一块儿！"

这个回答让飞陆高兴得接连翻了十几个筋斗，它翻得飞快，感觉是那么快乐，以前它从来没有这样做过。

金莲看看它，说："好啦，飞陆，你怎么还像个小孩子？以你的年纪，不该再这样了。"

可是，过了一会儿，金莲也忍不住高兴地翻起了筋

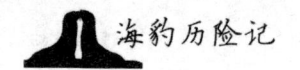

斗，比飞陆更起劲。

它俩一起玩着，一直到早晨。

当它俩听见云雀唱歌的时候，飞陆对着金莲的耳朵说："金莲，我想和你结婚！"

金莲羞怯地问它："那是什么时候呢？"

"当苹果树开花的时候。"

苹果树开花了，树上美丽极了，这是飞陆和金莲结婚的日子。

飞陆在一个田沟附近等着金莲。当金莲出现时，飞陆屏住气欣赏着它的美丽。

阳光把草尖都染成金黄色，花朵绽放，散发出幽香，林间的小鸟合唱着，一同庆祝飞陆和金莲的婚礼。

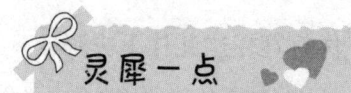

灵犀一点

春天来临时，两只野兔终于结婚了。爱情，是这个世界上最美好的情感之一。沐浴在爱情的雨露之下，我们会感受到人间的温暖。

会走的毛栗

微信扫码
☑ 观看动物百科
☑ 加入话题讨论
还可以参与配音达人活动哦

海豹历险记

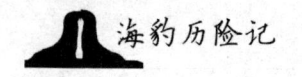

第一章　菜园的生灵

菜园里的青菜上，长满了小害虫，也有许多小动物，是哪些呢？

教堂里晚祷的钟声刚刚停止，西边的天空，太阳缓缓落下，在斜阳的映照下，空中呈现出一片红色与金色交织的晚霞。

日暮斜阳的阴影渐渐移动到菜园子里，移动到果实累累的树上、肥大的卷心菜上、生菜上、胡萝卜和旱芹菜的羽状叶子上。

各种各样的花儿已经合拢了娇嫩的花瓣。黄莺把嘴巴伸进翅膀下，开始在黄杨树上睡觉了。

一条小青虫停留在苹果树的一根枝杈上，草木上开始凝结起露水。

阴影渐渐淡下去了。银色的月光洒满整个菜园，白天还倾情绽放的花儿，现在都开始沉睡，很快进入梦乡。那些在白天唱歌、鸣叫、飞翔、攀登、爬行、跳跃的动物，现在也都睡了。现在，地面和天空属于晚上出来活动的小动物和繁星了。老蝙蝠韦佩在园子上空悄悄地飞来飞去，它长着一对黑色翅膀，头长得又小又丑，鼠头鼠脑的。

一只鼩鼱从墙脚边的洞穴里探出它尖尖的鼻子。它看了看外边，自言自语道："嘿！一轮滚圆的明月！这是打猎的好时候啊！"这只生有长须的鼩鼱一边说着，一边溜出洞外。它在附近东窜西窜，兜了三个小圈子，才跑开了。它跑到一些僻静的角落，在园子里昆虫密集的地方猎取食物。

一只灰黑色的飞蛾，躲在一朵合拢的百合花萼上。一只鼹鼠走出它的地宫，呼吸着新鲜空气。稍远处，传来癞蛤蟆那吹笛子似的叫声。

不过，你看看这儿，你们可曾看见过这么讨人喜欢的东西？5只刺猬宝宝，正跟在妈妈背后歪歪扭扭地走来。它们的身上长着光滑的刺，小嘴高高地撅起，眼睛里流露出调皮的神情。

我熟悉这些有趣的动物，可以介绍给你们，这是刺猬妈妈和它的孩子们。刺猬妈妈的名字叫刺刺，5只小刺猬

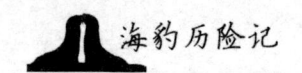

的名字叫针针、钉钉、荆荆、棘棘和箭箭。每天晚上，总看见它们在园子里，迈着急速的小碎步追逐嬉戏、一起觅食。

单是看看它们可爱的模样就已经够有趣了。可是，如果你们能够了解它们，那还要有趣得多呢。我懂得它们的语言，我小时候就曾有过一只小刺猬，尽管它身上长满了刺，但我还是常常去抚摸它，由此摸清了小刺猬的生活方式，懂得了它们特有的语言。刺猬的语言非常难懂，假如不努力学习，就不会懂。

谢谢我多年以前的小伙伴——一只可爱的小刺猬，是它教会了我刺猬的语言，所以我现在能够把这些有趣的小东西所讲的话翻译给你们听。

这一家刺猬从小路上走来。现在，大家还是静静地来听听吧。

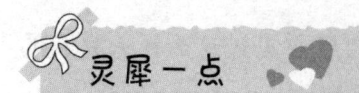

灵犀一点

菜地里的食物引来许多动物，正是多种多样的动物和植物，组成了绚丽多彩的大自然。

第二章 刺猬的食物

菜地里有许多害虫,小刺猬喜欢什么时间出来觅食?它们又喜欢吃什么呢?

"妈妈,不要走得那么快,我看到了一样东西。"

这是箭箭在说话。它停下脚步,贪婪地看着一只鼻涕虫。那只鼻涕虫也许正在做梦,梦见下雨和肥美的草呢!没想到,眨眼间,它已被箭箭吞进小嘴里了。

那是一只很大的鼻涕虫,箭箭咽下去时,一下子卡在喉咙里了。

棘棘说:"你真是馋嘴的家伙!快吐出来吧,你那张小嘴怎么能吞下这样大的东西呀!"

箭箭说:"不,不,我就爱吃鼻涕虫,我常常吃鼻涕虫,它们的味道可鲜美了!"

海豹历险记

棘棘不再理它。它伸出尖嘴,去追一只蟋蟀了。

这时,荆荆咬住一只蚱蜢,针针和钉钉却在争抢着一条又黄又黑的毛虫。

针针气呼呼地说:"是我先看见它的!"

钉钉回道:"哼!是我先捉住的!"

针针生气了,幸亏妈妈向它耳语了一句:"宝宝,到卷心菜田里去找吧,那里毛虫多得很。"

妈妈又向钉钉高声地说:"宝宝,你到生菜地里去看看,那边会有好东西等着你呢!"

于是,针针和钉钉一边嘀嘀咕咕,一边走开了。它们刚到卷心菜田和生菜田里,立刻不作声了。那里不是普通的卷心菜田和生菜田,而是刺猬们的乐园呀。它们闭着眼睛都能捉到青虫。它们收起小爪,不用去刨泥土,美食就在它们的嘴边。卷心菜田和生菜田是连在一起的，不一会儿，针针和钉钉就顺着菜地，相向而行，面对面地遇上了。

钉钉亲切地轻声问道："你要吃青虫吗？"

"不要，谢谢你，你真好！"

针针又问："我们做个游戏，好不好？"

"好啊！我们玩什么呢？玩捉迷藏吗？"

"我们来玩'追刺'游戏吧。"

"好啊，好啊！"

"追刺"游戏是一种古老的游戏，就是一只刺猬去追赶另一只刺猬，追上了就用刺去刺它，接着，它自己接着快速逃走，不让被刺的那只追上来刺到自己。对于刺猬来说，这个游戏真的很有趣呢！

此刻，它们正在一把水壶旁边追来追去，忽然看见了它们的爸爸，它们停下游戏，跑过去，向爸爸问候道："晚上好！"

正在这时，小刺猬的爸爸远远地走了过来。

刺猬的爸爸名叫矛矛，它平时很忙。矛矛时常用爪子在地上刨个不停，还用鼻子嗅着。它嗅到泥土下有一条白蛴螬，就会一直挖下去。白蛴螬实在可口，所有的刺猬如果遇到它，即使刨坏自己的爪子也在所不惜，只为能够得

海豹历险记

到它。

矛矛抬起头,看见两个孩子在小路上急促地跑来。在另一条路上,刺猬妈妈、棘棘、箭箭和荆荆也同时赶来了。它们的身子都圆滚滚的,看起来有些笨重,看来已经吃饱了。

矛矛低下了头,继续刨土。孩子们一动不动地站在一旁,看着爸爸刨土,它们打心眼里佩服爸爸的本领。很快,爸爸最后一个动作,把一条肥胖的白蛴螬挖了出来。它一本正经地吃着白蛴螬,然后回头看看它的家人,说:"你们的战果如何?打猎的收获怎么样?"

刺猬妈妈回答说:"不错,天下雨,把鼻涕虫都冲出来了,箭箭吃得饱极了,针针吃了许多卷心菜上的青虫,钉钉也把生菜上的害虫吃了一大半。"

棘棘说:"我在花房那边,找到一大群蜗牛。"

荆荆得意扬扬地说:"爸爸,你知道吗?我刚才捉到一只蝼蛄呢!"

箭箭插嘴说:"你说谎,是妈妈帮你捉到的。"

"干得不错,孩子们。明天你们要干得更好些。你们知道,作为一只刺猬,就有消灭害虫的责任。毫无疑问,谁都不能说这项工作是不愉快的。"

矛矛说罢,低头把剩下的白蛴螬卷进嘴里,吃得津津有味。

刺猬妈妈说:"现在是睡觉的时候了。"

刺猬爸爸说:"你们去吧,我就在这堆木柴底下睡觉。家里有这么多孩子,我如果挤过去一起睡,恐怕连转个身子也免不了要挨刺扎。我们明天再见吧!"

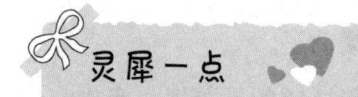

灵犀一点

刺猬喜欢夜晚出来活动,凡是危害青菜成长的虫子,它们都喜欢吃。

第三章　刺猬休息

太阳出来了，忙碌了一夜的小刺猬要找地方休息了，它们会在哪里睡觉？

这时，太阳冉冉升起，已经照进园子里。

刺猬妈妈、棘棘、钉钉、箭箭、针针和荆荆，都朝着菜园深处茂密的醋栗树丛走去，那儿有它们的巢穴。

花儿慢慢地重新展开花瓣，蝴蝶在空中飞舞，小青虫从洞里出来，又在苹果树枝上蠕动了。

刺猬居住的园子四周，围着矮矮的篱笆墙，当中有一条小路，把园子划分为两部分。菜田在右侧，各种果树在左侧。两棵老栗树耸立在大门口的两旁。

像其他园子一样，这个园子也是一个千变万化的地方。只要撒了一把种子在地上，几个星期后，那些种子就会长出胡萝卜、大白菜、生菜和芹菜。

菜园里几乎每时每刻都会出现一些新鲜的东西。大自然一挥动它的魔棒，5个有斑点的蛋变成5只小黄莺了，一条丑陋的小虫变成闪闪发光的金龟子了，一条青虫蜕变为蝴蝶了……

每天早晨，当晚上出动的小动物们已经回去休息，鸟儿们在树上纵情高歌之时，园子的主人就会推门走出来。门"吱呀"一声打开了，主人的两个孩子会跟在后面，推着一辆小车，带着铁耙等工具，戴着大草帽，微笑着一同走到园子里。

海豹历险记

现在，孩子们，开始工作吧。可是，要记好，如果园子里有益的动物不来帮助你们，那么，你们无论怎样努力锄地、掘土、翻泥、浇水，无论怎样努力栽种大白菜，修剪枝丫，都是白费力气。如果没有它们，什么根呀、芽呀、花呀、果实呀、叶子呀、枝丫呀……一切农作物都要被成群贪婪的害虫所毁坏。幸亏那些有益的动物日日夜夜替我们守卫菜园，它们的守卫工作做得非常出色。

鼹鼠，它在地下不停地追捕园子里的两种凶恶的强盗，就是蝼蛄和吃植物根的白蛴螬。

另外一种有益的动物是燕子，它在飞翔时一路拦食蝴蝶、苍蝇和蚊虫，整天飞来飞去，要到黄昏时候蝙蝠出来换班，它才去休息。

还有山雀、夜莺、知更鸟、黄莺和其他的鸣禽类，都全力以赴地保护花草树木，捕捉那些有害的青虫、白蛴螬和木虱等。灰蜥蜴，它是墙壁和篱笆的保护者。还有园子里成群的步行虫，那是一种勇猛的昆虫，它们在菜地里和小路上跑来跑去，吞食金甲虫、花潜虫和金龟子。

到了晚上，当黑暗笼罩着大地的时候，鼩鼱出洞了，它跑来跑去，到处巡逻；癞蛤蟆跳到枯井旁边站岗放哨，刺猬是这些有益动物的主要成员，它们都担任着保卫田园的职责。

会走的毛栗

许多个白天和夜晚就这样过去了。自从小刺猬的身上长出尖硬刺,那些植物都渐渐蓬勃生长起来了。4月,它们看见香叶芹初生的叶子;5月,它们看见芜菁生长出来;6月,它们看到草莓成熟,那些草莓使整个园子变得芬芳馥郁;7月,它们看到西红柿渐渐变红;8月,茄子已经成熟,等人来采摘了。到了这个时候,那些小刺猬已经长大,不再是小宝宝了。

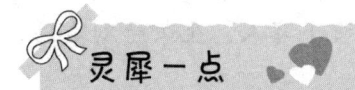

灵犀一点

菜园里既有破坏青菜生长的各种虫子,也有专门捉这些害虫的刺猬与鸟类,害虫是益虫的食物,也许这正是大自然的安排吧。

海豹历险记

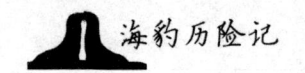

第四章　小刺猬遇险

有一天，刺猬遇到蝮蛇和吉卜赛人，生命受到威胁，它能逃离危险吗？

有一天晚上，荆荆第一个醒来，它擦擦眼睛，理了理身上的尖刺，独自走出洞穴。它喜欢独自溜达和探险，在灌木丛中爬了一阵，忽然惊奇地停了下来。

"这是什么东西？墙壁上有一个洞吗？的确是洞！"

它犹豫了一下，溜进洞里，走到和洞通着的田野里。这时，它脑海中盘旋着的探险念头连忙藏起来，机警地察看着四周。除了看到几只蜣螂，没有什么引起它特别的注意。再往远处去，它觉得这样攀缘而上倒是挺有趣的！当它快要到达树林的边缘时，忽然大喊一声："哎呀！可了不得了！竟然有一条蝮蛇！"

此刻,那条蝮蛇正盘在荆荆的身边,抬起扁平脑袋,伸出丫形舌头,狠狠地发出"咝咝咝咝"的声音。

这是荆荆生平第一次遇到蛇,它的战斗情绪被激发起来,全身的尖刺竖了起来,脑袋深深地被刺埋在里面,猛地向敌人扑了过去。

蝮蛇猛然咬了荆荆的嘴唇一口,荆荆痛得大叫一声,舔了舔伤口,又扑上去继续战斗。

蝮蛇说:"我的毒液是可以毒死人的,很快就能要你的命。"

蝮蛇说完,又用毒牙来咬荆荆的嘴。可是荆荆不怕,因为刺猬生来便有一种本能,荆荆非常清楚,所以,它立即回答道:"你们蝮蛇的毒液,对我们刺猬是没有用的!"

蝮蛇又向荆荆发起进攻……"咔嚓,咔嚓!"没几下,蝮蛇的头被荆荆的尖牙齿咬烂了。

这一场大战,累得荆荆气喘吁吁。不过没过多久,它脸上的紧张神情渐渐消失了,身上的刺也放平了,又恢复了往日的平和与自信。它战胜了蝮蛇,得意扬扬地开始大嚼起蝮蛇的肉。

接着,它走出洞穴,到森林里四处溜达,到处搜寻着,一直到中午。它在树林里东看西看,这里一切都很平静,也很安全。它看到的、嗅到的、听到的和吃到的,都是新鲜的东西。它精神十足,一点也不想睡觉。毫无疑问,这里真是一个好地方。

不过,它忽然想起了一件事,妈妈每次在孩子们睡觉之前,照例总要和它们拥抱一下。

刺猬们拥抱起来虽然会互相刺痛,可这却是一种母爱的表示,所以,又是很甜蜜的。

荆荆想到这里,急急忙忙离开树林,向园子里的家走去。

在树林边缘,它又看见了新事物。在路旁停了一辆绿色的旅行车,车门口悬着不太干净的帘子。几个吉卜赛人围坐在地上,一匹不太肥壮的马在沟里吃草。

荆荆看到后非常吃惊,不知道应该怎样行动,是继续前进呢,还是回到树林里去?可是,没等它打定主意,车子里就发出了一声刺耳的声音,吓得它连忙把身体蜷缩成一个圆球。

那车子里的人喊道:"荣希克,去找些木柴来。"

一个少年慢吞吞地站了起来,懒洋洋地走着,一副极不情愿的样子。

突然,那少年喊了一声:"哎呀!"原来他那赤裸的双脚正好踩在荆荆带刺的背部,当他看见刺痛它脚的是一只刺猬时,立即开心地把脚痛都忘记了。

他高声喊道:"一只刺猬,一只刺猬,好漂亮的东西,快来看啊!"

"好极了,荣希克。"

那些吉卜赛人说着,都急急忙忙站起来。一个老婆婆从车里走出来,好像担心他们不等她,就要把刺猬连刺带骨生吃掉似的。

她说:"挺好!挺好!"接着她朝一个小女孩说,"塔拉,快去拿些黏土来。"

有人向她提议:"把它放在铁钎上烤,快得多!"

老婆婆回答:"不,不!把它抹上黏土烤,好吃得多。荣希克,快去拾些干柴来。"

荆荆听不懂他们在说什么,可是它能预感到危险降临了:"我要一直蜷缩成球,像一个球,一个球。"它反复说着这句话。

这些吉卜赛人叫喊着,欢笑着。老婆婆拿着一只装满水的水壶走过来,把壶里的水倒在刺猬身上,事情就解决了。荆荆立刻把身体舒展开来。原来,只要向刺猬身上倒些水,它就不能再蜷缩成一个球了。

到了这时,荆荆只能听天由命了。一只棕色的大手捏住荆荆,它听到一个人大声说:"它是一只小刺猬,身子倒很肥壮呢!"

这时,荆荆又用足气力,把自己重新蜷缩成一个球。老婆婆边冷笑边咒骂,把它扔进车里。这时,几个男人开始生火,很快将火烧得旺旺的,老婆婆跑过去点燃了她的烟斗。

荆荆发现自己被单独留在车厢里,它很谨慎地展开身子,从车门缝里一眼看到碧绿的草地。它想:假如我能溜到草地上去,该多好啊!它试探着慢慢爬到门槛旁边。哎呀,这里地面太高了!

车门口有一架小扶梯,坐车的人可以从这里走下去。可是小扶梯对刺猬似乎没有什么用处。荆荆想出一个办法,它再次蜷缩成一团,从梯子上一级一级地往下滚去。滚到草地上后,它赶紧朝那些吉卜赛人相反的方向拼命地逃走。当塔拉捧着黏土回来时，荆荆已经躲藏在树林中一堆树叶下了。

那些吉卜赛人非常气恼，可除了相互埋怨，却也毫无办法。

直到天黑之后，荆荆才回到园子里，它终于松了一口气，去寻找它的妈妈和兄弟姐妹。它担心自己会受到责骂，可是它们并未骂它。妈妈因为捉到一只老鼠，心里正高兴呢！小刺猬们都在找寻掉落下来的苹果和梨子。

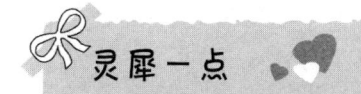

灵犀一点

小刺猬利用自己的聪明机智和勇敢，躲过了被蛇与人伤害的危险。任何动物要想在世界上安全活下来，必须具备一定的生存技能。

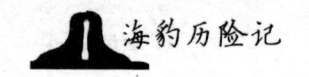

第五章 刺猬长大了

秋天到了,小刺猬要为过冬做准备,它们做了些什么呢?

秋天到了,棚架上的葡萄开始熟了,青虫的蛹把自己包裹在丝囊里。

那7只刺猬,仍旧在园子里站岗放哨。

夜晚开始变得越来越长,以至于箭箭、棘棘、针针、钉钉和荆荆等不到天亮就要去睡觉了。现在,它们各自有了自己的窝。钉钉睡在木柴堆里,棘棘睡在墙洞里。

箭箭生性太懒,不肯去找个住所,总是随便找个地方栖身,有时睡在黄杨树下,有时睡在栗树根旁。

针针呢,在距离爸爸妈妈不远的地方,造了一个舒适的窝。

荆荆呢，它走到哪里就睡在哪里。它以为不应该再留在从小住惯的园子里。好像有一种神秘的呼声在召唤它到树林里去，苔藓的湿气还留在它的鼻孔里，树叶的沙沙声还在它的耳朵里响着。并且，它还牢牢记着和蝮蛇战斗的一幕。因此，它常常走到墙洞那儿去，向墙外张望。

它漫无目的地走着，经常碰见棘棘、针针和别的刺猬。现在，它们已经长大，都为自己能够自立而感到骄傲。它们很忙，在相遇时，只是出于礼貌，互相亲亲嘴，便各自离去。

北风开始在园子里呼啸，刺猬全家最后一次在大栗树下聚集。那棵栗树上的叶子一片片落下来。爸爸矛矛、妈妈刺刺，还有其他 5 只刺猬，不停地收集着栗树的大叶子，放到床上做床垫和被褥。

妈妈一再叮嘱孩子们："你们千万要盖得暖和些！你们还不知道冬天有多么冷。箭箭，不要停下看飞虫，你该去拾叶子，赶快去拾叶子吧！别这样懒了，明天也许就太迟了。如果不拾叶子，你会冻死的。孩子们，你们切勿忘记在窝里做个通气孔啊！"

这时，园丁的狗叫了起来。7只刺猬立刻蜷缩起来，变成7个有刺的圆球，滚到落叶堆中，一动不动。那棵栗树从高处向下看着，喃喃地说："好极了，今年的栗子长得真大啊！"它说完以后，骄傲地抖动着它的枝条。

"祝你好好地过冬！"

"祝你睡得很甜蜜！"

"明年春天再见！"

7只刺猬互相话别。矛矛和刺刺向醋栗树慢慢地踱去。箭箭、棘棘、钉钉和针针回到它们各自的窝里。荆荆在墙洞前停了好一会儿，然后决定穿过去。

冬日的白天阴沉、寒冷。天上不停地下着大雨。刺猬们沉沉地进入梦乡，听不见大雨的声音。白天和黑夜，无论下雨下冰雹，无论刮风下雪，它们都一直睡着，沉睡着。

几个月后，夏天又来了。也许你们想知道那个刺猬家庭怎样了吧。

会走的毛栗

据我所知，矛矛和刺刺仍旧坚守在醋栗树下和菜园子里。它俩已经上了年纪，不想到远处去，并且，它们热爱自己的老家。

针针也住在菜园子里，不过是在另外一角。它想：在这里，一抬腿便可得到我所需要的东西，为什么还要到别处去找呢？最主要的，它还可以常常去探望自己的父母。两只老刺猬看到它们的儿子长得很大了，心里非常快乐。

棘棘和钉钉都已出嫁，它们欢天喜地地离开了老家，各自跟着丈夫去安家落户。棘棘住在树林里，钉钉住在田野里。它们两个都有了许多孩子。

箭箭不见了，谁都不知道它怎样了。

可是有一天，在离小溪不远之处，在有许多鼻涕虫的那条路上，我遇到一只肥胖的刺猬。它胖得匍匐在地上，

抬不起身子，走起路来很费劲。我断定它就是箭箭，唯恐它被人踏坏，便把它提起来，放到草里去了。它却恩将仇报，刺了我一下。

荆荆怎样了？荆荆住在森林里。它是好样的，像个勇敢坚强的骑士，又和好些蝮蛇进行过激烈的战斗。

假如有一天，你们遇到我所讲的刺猬，请保护它们，不要让任何人捕捉它们。告诉它们你是刺猬的朋友，也许刺猬们会告诉你菜园里那些有益动物的新故事呢！

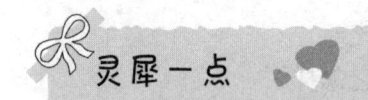

灵犀一点

经过一个冬天，小刺猬们长大了，它们有了自己的家，并利用自己所学的生存技能，安全快乐地生活在这个世界上。

微信扫一扫
一起来揭秘动物大百科吧！

溪谷的翠鸟

微信扫码
- 观看动物百科
- 加入话题讨论

还可以参与配音达人活动哦

海豹历险记

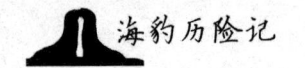

第一章　小河流水

春天,河里的冰早已融化,河水开始哗哗地流淌起来,小河会经过哪些风景呢?

在两棵老枞树中间有一个泉眼,泉水不停地从泉眼里涌出来,流淌成一条小河。

小河汩汩地流着,就像唱着一首歌。一路叮叮咚咚,打着漩涡,往山坡下流去。

一块大岩石横在河中央,想阻拦它,说道:"停下来吧,这里的生活很美好!"

小河说:"我不能停下来,让我过去吧。"

水流湍急,漫过岩石,小河直泻而下。此时,河面十分壮观,河流翻过岩石,越过树根,从岩洞中翻滚而出,一路上咆哮着,飞奔着,旋转着,最后来到平地,早已累得透不过气来。

小河流到平原上，就安静了许多，不再水流湍急，变得美丽娴静，它唱着歌，缓慢地流淌着。它穿过一片树林，从草地上弯弯曲曲地流过，最后从一座白色的小桥下流过，我正在那里等着它呢。

我说的那座小白桥，架在荒野的一个小山谷里，好像拱起的半圆弧。小山谷里长满多刺的植物，岩石上布满了一片片苔藓。

这个地方真美丽啊！这里渺无人烟，只有一些浅浅的动物足迹。

在河边烂泥地上，有一长串脚印：四个一组，像小扇子，那是青蛙跳跃时留下的脚印。

沙地上那一长条平滑的丝带状痕迹，是一只水獭经过的痕迹。它一边走，一边用尾巴扫去自己的足迹，带状的痕迹就是这样留下来的。

一块露出水面的石头上，有个椭圆形的湿印子，那是一只水老鼠在那里晒太阳时留下的痕迹。

一棵蕨的叶子上，挂着一根小羽毛，亮闪闪的好像蓝宝石。原来是翡翠鸟遗失的首饰呢！

我沿着弯弯曲曲的河岸走着，开启了这次新奇的探访之旅。我竖起耳朵，睁大眼睛，悄悄前行，尽量隐蔽着自己，免得惊动了岸上和水里的小世界。

瀑布下面，在山谷的入口处，有一块岩石洼地，河水经过时会先在那里汹涌一阵，打一阵漩涡，然后才继续赶路。

那里鲑鱼聚集，是它们生活的地方。它们一动不动地浮在水滩旁，好像安静地睡着了。其实它们是在守株待兔，如果有什么东西游过来，它们就纵身一跃，像童话中吃小孩的巨人似的吞掉它们。

再往前走，河道忽然变得狭窄起来。被阻塞的河水互相碰撞着，发出轰鸣的响声。它又从那里泛滥开来，无声无息地流到一块地毯子似的水草地上，再也没了声音。小河两旁长着一片薄荷，它们的味道非常清香。

河水流到灯芯草丛里，那里是青蛙们的世界。

再过去就是沼泽地带了。芦苇丛中，藏着一只圆篮子状的巢，是用菖蒲叶编织而成的，里面有10多个蛋。知道是谁生的蛋吗？对了，是黑水鸡生的。听呀，它在对岸叫着："得儿，得儿，得儿！"

这条小河旋转着，忽东忽西，弯弯曲曲地流去，好像在向沿途的垂柳问好。

一路上，那些枯树枝、鹅卵石和红树根挡住了它的去路，它就趁势玩起了跳跃游戏。

小河里的龙虾很喜欢枯树枝、鹅卵石和红树根，因为这些东西是它们最安全的遮蔽物。

那些龙虾在高低不平的小河床里笨拙地爬行着，我匍匐在地上，仔细观察着它们。那些龙虾只要看到我，或听到什么动静，就立即甩动着尾部，倒游而去，瞬间钻进洞里，经过的地方就会留下一个泥沙小漩涡。

岸边有一棵橡树，树干上有个洞，洞里住着猫头鹰一家。橡树的一根细长的枝条伸向水面，旁边就是一座小岛。

小岛上还有两棵白杨，它们的叶子老是在颤抖。那里是强盗的巢穴，有两只水獭把它当作晚上打劫的据点，在那里猎捕粗心大意的鱼。

河水在流到小白桥以前，先要绕过一个生着金雀花的小小悬崖。那里生活着几只秧鸡，常常从这一簇金雀花丛飞跳到那一簇金雀花丛中。

过了小白桥，河里的水又弯弯曲曲地打着转流去，一路上唱着甜美的歌，一直流到磨坊前面。我每走一步，都能看见一种小动物，听见一种叫声，嗅到一种花香。新鲜事物层出不穷，令人感到惊奇。

这地方是我的领地，或者说，曾经是我的领地，因为后来有只鸟把我赶走了。

海豹历险记

灵犀一点

河水无论遇到什么样的环境，都能够顺势而流，这就是上善若水，水利万物而不争的优秀品质。

第二章　翠鸟的生活

小白桥下有一个山谷，我把那里当成自己的地盘。没想到，有一天，我却被一只鸟儿赶走了，是什么鸟儿如此大胆呢？

事情发生在一个春天的早晨，我初次见到小鳗鲡向小河的上游游去，惊讶得说不出话来。你知道这些玻璃般透明的、手指般长的小鳗鲡所经历的惊人冒险吗？

它们从遥远的美国海岸迁徙而来，顺着海洋的水流，横渡辽阔的大西洋。这次旅行花费了它们 3 年的时间。到达欧洲海岸之后，它们的旅行并没有结束。它们从法国的大江、小河、小溪逆流而上，如果能够生存下来，就会在这些淡水里成长。8 年后，它们变成绿褐色的大鳗鲡。到时，大鳗鲡就会从小溪、小河、大江里顺流而下，回到它

海豹历险记

们出生的暖海中去。

我被这奇特的景色迷住了。这时,一阵翅膀的扑棱声和一道蓝色的闪光,打破了我的沉思。我不禁发出一声惊叹:一只翡翠鸟第一次闯入我的山谷里来了。

这只羽毛比蓝天还要蓝、比丝绸还要亮的鸟,来自哪里呢?我之前从来没有见过它。在小河的歌声把它吸引到这里来之前,它一定在其他地方流浪很久了。

它一定认为我的山谷是世界上最安静、最美丽的地方,甚至连招呼都不打一个,就安顿在我的山谷里了。

它像箭似的掠过水面,从瀑布飞到磨坊,又从磨坊飞到瀑布,一边飞一边发出挑战似的呐喊:"这是我的领土!是我的捕鱼场!我是这里的主人!"

居住在磨坊附近的那些䴙和赤颈凫,还有其他住在这里的涉禽和游禽都明白，它们该搬家了，别等翡翠鸟用嘴来驱逐它们。

我给这只翡翠鸟取名翡翡，它来到这里后，稍稍休整了一下，就去选择它的捕鱼场了。

它找到一根榧树的枝丫，当它躲在上面时，树枝正好弯到水面上，可以看清水里鮈鱼的动向。当一条鮈鱼游过它的攻击范围时，翡翡就会马上收起翅膀，头向前伸，扑通一声钻入水中，大嘴对准鱼一啄，没等鱼搞清怎么回事，就已经到它的嘴里了。

翡翡还发现一棵空心橡树，上面有根枯树枝是捕捉欧鲌的好地方，而瀑布旁边的岩石则是捕捉小鲑鱼的好地方。

翡翡栖息在平滑如镜的水面上，探出头，静静地窥探着那些无忧无虑的小鱼。

翡翡比我聪明，比我高明得多，它知道各种鱼的习性。鲱鱼常常拖动着胡须，懒洋洋地在平静的河底游着；银白鱼恰恰相反，它们不太安分，无论什么时候，发现蚊虫或者苍蝇，它们都会把嘴伸出水面去捕捉；翡翡还晓得鲤鱼喜欢静水，它们在那里不停地跃出水面；小鲤鱼喜欢在泥泞的地方找小虫；梭鱼住在流水冲成的石洞附近，翡翡懂得绕路过去，免得经过梭鱼的地盘，打草惊蛇。

海豹历险记

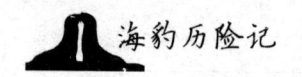

谨慎的翡翡不会攻击身上有尖刺的丑鲇鱼，也不会攻击像针球似的丝鱼。我知道，丝鱼是唯一会给小鱼做巢的鱼儿。

翡翡是捉鱼能手，它知道去哪里捕捉鲦鱼——鲦鱼喜欢在急流的石子间游来游去。它还晓得靠近河岸的浅水区有成群结队的小鱼游着，那里的水比别处暖和，且水位较低。小鱼们在那里躲避鲈鱼的袭击。

翡翡来到我的山谷里以后，我有一个愿望，希望暗地里能仔细观察一下这个神秘的家伙。然而，只有水知道它的所有秘密，欣赏它的美。不过在十分留神的情况下，偶尔我也能瞧见它待在一根枯树枝上，知道它的所有捕鱼场。可我始终看不到它的巢在什么地方。

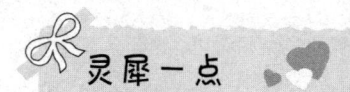

灵犀一点

每种生灵都有自己的生活方式，翠鸟也不例外。它是捉鱼能手，有着漂亮的羽毛，知道许多鱼儿的生活习性。

溪谷的翠鸟

第三章　翠鸟结婚了

翠鸟结婚了，它的家将安在什么地方呢？

连绵的春雨灌满了小河，河水渐渐清澈起来。一切东西都在唱歌，青蛙发出震耳的叫声，这正是鱼的产卵期。鱼妈妈们在河里的水草上和石头上摩擦着，留下成百上千的小卵。它们在平常是很小心的，可是这个时段它们是没法谨慎的。人们可以随便伸手去捕捉不想逃走的鱼儿。幸亏国家明文禁止人们在这时期捕鱼，可这样一来，反而变成翡翠鸟的丰收季节。

当然，大部分鱼卵会被大大小小的鱼吞食掉，或被水里的小虫吃掉。剩下没有被吃掉的鱼卵，会孵化出来，变成极小的幼鱼，像逗号那么小。没多久，在河水的滋养下，它们会变成鱼苗，有半根火柴那么大。这时，大部分

海豹历险记

小鱼苗又会被河中的食客吃掉。

自然，翡翡要寻早餐并不困难。我蹲在蕨丛里观察。一只鹡鸰鸟在石头上跳来跳去，"必利，必利"地叫着。我注视着聚集在水中的蝌蚪，它们生得真滑稽，全身只有一个头和一条尾巴……可是，随着时间的推移，竟会变成漂亮的青蛙！

一阵轻轻的爪子抓挠声吸引我抬起头来，我从柳树间望过去，瞧见翡翡用爪子把自己定在悬崖峭壁上，大嘴一下一下地叩击岩石，好像要在峭壁上挖一个洞。当真是这样吗？是的，没错。我从榛树那抖动的帷幕后，看见那里有两只翡翠鸟。

我不由得惊呼了一声："啊！"美景马上被我破坏了，

两枝蓝箭顷刻间射进叶丛里。没关系，现在我已经明白，这只雄翡翠鸟找到了自己的伴——一只雌翡翠鸟，它俩正在为自己筑巢呢！

真奇怪，这种蓝翅膀的鸟并不在树上筑巢，却要在悬崖上挖洞筑巢！

翡翡不停地干了3个星期，"笃笃笃"，它的长嘴叩击着泥土，不停地挖着。那只雌翡翠鸟（我给她取名翠翠）把它挖出来的石子、树根、泥土等衔到别处去。那个洞渐渐地变成了一条隧道，足足有3尺长。翡翡干得更欢了，开始挖一个小寝室。翠翠常常钻到里面去，注视着翡翡的每个动作，不耐烦地叫着："叽克！叽克！叽……衣……克！"

翠翠在翡翡的四周踱步。它想飞，想唱，显得很焦躁。过了好一会儿，它才恢复镇静，衔起一块大石子，搬出去。最后，房间挖好了，既漂亮又整洁，充满着泥土的芳香。可是，里头还缺少一些东西。

"叽克，叽克，叽克！叽……衣……克！"翠翠向翡翡一再提出要求，说个不停。

"叽衣克！"翡翡回答。

它俩一同飞了出去。原来翠翠的房间里还需要些鱼骨头。不久，小宝宝就要出世了，再没有比铺着细鱼骨的摇篮更舒适、更适合翡翠鸟了。

海豹历险记

现在，我常常看到它俩像一对同行的箭一般形影不离，它俩无论睡觉、飞行还是捉鱼，都紧紧地依偎在一起。有时，它俩躲在两根贴近的树枝上，头伸向河面，一动不动，耐心地等候。

有时，扑通一声，水面分开又合拢，原来是翡翡捉住一条小小的银白鱼。它用力振动翅膀，回到水面上。水珠在它的羽毛上闪烁着。它抖动着，似乎身体太小，水珠太重，承受不了的样子。然后，它又回到树枝上守候，身旁的翠翠扑通一声钻进水里，带回来一条鱼。

它俩整天从这块石头飞到那块石头，从榛树飞到榆树，从巢里来到河边。它们是去捉鱼吗？当然是的。但是，除此以外，我认为它俩还因为喜欢倒映着天空的小河、小河旁的幽洞、光亮如镜般的水面、瀑布和沙岸。同时，它俩还因为在一起时感到幸福，常常同出同归。

当太阳向山谷告别的时候，翡翡和翠翠回到了巢里，于是，小河又进入了黑夜的生活。

"呱呱呱，呱呱呱！"一只青蛙在招呼它的姐妹们。

"呱呱呱，呱呱呱！"青蛙们齐声回答，曲调冗长而单调。

月亮柔和的光辉引得一只老龙虾钻出洞来。嘿！它真老啊，已经换过45次壳，也就是说，它已经45岁了。它两眼突出，两只螯伸在头前，慢慢地游动着。突然，像是被什么东西刺激，它用8只脚划起水来。一阵腐烂的气味引得它馋涎欲滴，它愈划愈快，一直游到一只吊死在树枝上的青蛙旁边。老龙虾开始它打扫小河的任务，此时，其他龙虾也从附近的洞里钻出来，一同分享这顿意想不到的盛宴。

在苍白的月光下发生了一些奇怪的事情。一条鳗鲡溜出小河，游向邻近的泥沼。它飞快地爬过潮湿的草地，不一会儿，灌木中就留下了一道亮晶晶的痕迹。

小河里出现了水圈儿，水面上浮起水泡，缓缓露出一个圆圆的脑袋。这是一个可爱的顽皮的脑袋，那家伙张开嘴，露出尖锐的白牙齿，好像在笑，胡须完全浸湿，耳朵

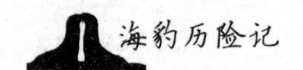

直竖，鼻孔张开，嗅了三嗅，又隐没到水里去了。这个动作只有 3 秒钟。有人也许会问：这是一只活物，还是被圆圆的月亮引诱出来的神仙故事里的一个角色？原来是水獭，是出没在夜晚小河里的残忍成性的魔王。

河水流动着，歌唱着。当河面发出"扑通，扑通"的声响，就是鱼儿们跃出水面吞食飞蛾，或者一只水老鼠钻入水里的时候，这才打断了小河甜美的歌声。

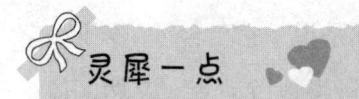

灵犀一点

翠鸟夫妇非常恩爱，它们无论做什么都在一起，从不单独行动。这真是一对模范夫妻。

一起来揭秘动物大百科吧！

溪谷的翠鸟

第四章　翠鸟去世了

翠鸟一天天老去，有一天，翡翡去世了，它的妻子会怎么办呢？

北极星暗淡下去，黎明到来了。

翡翠鸟又出现了，重新主宰了小河。

我对水老鼠很感兴趣。即使我停留在那里的时间并不长久，也总会见到它出洞，"扑通"一声，它吃惊的小面孔就露出在水面上。

它用脚当作桨，用尾巴当作橹，划着摇着，推动身体。它抬起头，免得弄湿它漂亮的胡须。它游了一阵，又回到家里，一根一根梳理身上的毛。然后，它又游过小河，去找些干草来翻新自己的床铺，再到对面的灯芯草丛里去找些食物。

海豹历险记

　　发生了什么事情呢？今天，翡翡为什么独自出来捉鱼呢？它捉到的鱼自己不吃，衔着飞回巢里。我想到了！翠翠一定是在孵蛋，孵着它白色的小蛋，一刻都不肯离开。

　　河水在哗哗流动，翠翠在黑暗里一动不动，该有多累啊！

　　可是它并不觉得辛苦，因为有可爱的翡翡来照料它，回来时大嘴里总是衔着一份美食——一条银白鱼，或者小鲑鱼送到它的嘴里。

　　"叽……克，叽克！"翡翡飞到洞口这样叫着，表示它已经回来了，让翠翠安心。

　　翠翠非常快活地回答："叽克，叽克，叽克！"意思是说："我很幸福！"

　　于是，它俩就一边吃着鱼，一边聊着天，一边互相爱抚着。

　　它俩谈了一会儿，翡翡就又出去捉鱼了。不久它就捉到鱼回来，在家里稍微停留一下，再出去。它就这样来来回回，一直忙到天黑。

　　这样的日子过了15天……第16天，翡翡不捉鱼了，它忙忙碌碌地在瀑布和磨坊之间来回飞着，从来没有飞得这样勤快。它在小白桥下穿来穿去，从河的这边飞到那边，在这里捉一只蜻蜓，在那里逮一只苍蝇……

它捉蜻蜓和苍蝇干吗?原来小翡翠鸟已经孵出来了。这时,小翡翠鸟还不能吃鱼,只能吃一些蜻蜓、苍蝇和蚊虫……翡翡甚至把这些小虫的翅膀都摘掉,生怕会卡住小翡翠鸟的喉咙。

8只翡翠鸟宝宝躺在铺着细鱼骨的摇篮里,闻着鱼香。它们在地上度过初生的日子,像小虫那般爬行着。它们的模样很丑,满身都是黑刺似的羽毛。但很快,它们就要离开黑暗的巢,能看见太阳,听见小河的歌声了。而它们难看的黑刺似的羽毛也将变成明艳的蓝色。当它们学会捕鱼和飞行时,它们就会离开父母,自由自在地生活在蓝天、白云、绿地、碧水之间。

夏季的阳光非常强烈,动物们发生了种种令人惊奇的

海豹历险记

变化。

小河底的水变得很浑浊，千千万万条难看的小虫在泥浆里蠕动。这些可怜的小虫在那里已经生活了很久，在泥浆中过了1000天呢！现在，第1001天到来了。从早晨开始，这些小虫就兴奋地来来往往活动着，好像在传达什么重要的消息。

太阳慢慢地向西边滑去，突然，这些小虫一下子全部浮出水面，躲藏在芦苇丛中。它们贪婪地呼吸着，昏睡似的停留在那里。然后，它们那扁平的身体慢慢地膨胀起来，鼓起来……它们脆弱的皮破裂了，于是，芦苇丛中飞起一大群蜉蝣，比一阵风还轻。

它们跳着舞，振动着透明的翅膀，不停地升起来又降下去，再升起来，像在表演着美妙的芭蕾舞。

它们等候这个欢乐的时刻，已经等了1000天啦！

太阳西落，蜉蝣们再次飞上天空。接着，它们就落下来，死去了。小河里铺满了透明的小翅膀，上千条鱼急切地张着嘴，吞掉这些从天而降的美食。

河水流动着，歌唱着，这群蜉蝣没有留下一点痕迹……不对！还有成千上万的卵呢。它们临死之前，已在河里产下卵了。

那些卵沉到泥泞的河底下。明年的春天就会变成幼虫，这些幼虫要在水下耐心地等待 1000 天，直到听见那个神秘的呼唤声，才会飞到天上去，这就是生命的规律。

在小河两岸，所有的动物和植物，都是依从着这样的规律，发生着变化。

叶子变黄了，河水更凉了。冬天到了。接着，春天把冬天赶跑了，四季更替，光阴就是如此过去的。

但是翡翡和翠翠却一直在那里。它们形影相随的蓝影子常常倒映在小河镜子般的水面上，这就是它俩的幸福生活。

从我第一次看见它们到现在，多少水曾经在这座小白桥下流过啊。

自从它俩侵入我的山谷，已经有 6 个年头了。它俩互相关心，分享着彼此的快乐和苦难，永远相爱，像新婚时一样。

秋雨绵绵，它俩无法捕鱼时，只能挨饿。有时，翡翡偶然找到了一点儿食物，总是先送给翠翠吃。

天气越来越冷，寒冷的天气把小河冻住了。它俩只能用嘴啄开冰，在冰下捉鱼。可是有两次，河水全冻住了，它俩只好去找寻一个比较暖和的地方。当天气转暖时，它们又回到我的山谷里来了。

每年春天，它俩要养育一窝翠鸟宝宝，到了秋天，鸟

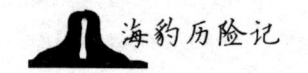

宝宝长大之后，就飞走了。

有一天，翡翡病了。

这是秋季里一个有雾的日子。我正忧郁地望着流水带走那些枯黄的落叶，忽然一声哀鸣传来，把我吓了一跳。

"赛依，赛依！"

翡翡就在那里，它站在一根低垂的树枝上，离我不过几步远。

"赛依，赛依！"

它发出垂危的哀鸣，眼睛失神，羽毛失去了光彩。翠翠衔来几条好吃的小欧鲌给它。

"毕克，毕克，"翡翡艰难地啄了一下，又哀鸣起来，"赛依，赛依！"

可怜的翠翠不知道怎么办好。它挨着翡翡，用自己的嘴把鱼撕碎，把一块很小的鱼喂到翡翡的嘴里去。

"赛依，赛依！"

3天后，翡翡费尽气力想站在树枝上，可是它已经站不住了。

翠翠紧紧地扶住它，扇动翅膀，发出细微的呜咽。它慢慢抬起翡翡的身子，向它的肚皮底下一钻，成功地把它背在背上。翠翠驮着沉重的翡翡，飞下树枝，蹒跚地走着，一小段一小段地飞，跌倒后又爬起来，最后，消失在垂柳后面。

"赛依，赛依！"

一天早上，我发现翡翡躺倒在小河滩上，一动不动。我伤心地看看它。它蓝宝石似的翅膀永远并拢在一起，再也不会展开了。

我在小河旁边挖了一个小坑，在里面铺上一层草屑，盖上一张蕨叶，然后轻轻地拿起翡翡，把它放进坑里，盖上泥土。

几天后，我又听见那凄惨的叫声："赛依，赛依！"

我没有看见翠翠，可是我知道是它在哭泣，是的，的确是它。翡翠鸟是专情、忠贞之鸟，一只死去，另外一只也活不长。剩下的那只孤身一个，不飞也不吃，直到心脏停止跳动，翠翠就是这样的。

四五天里，我时常听到"赛依，赛依"的叫声。此后，就再也听不见了。

于是，我到处寻找，老柳树附近、灯芯草里、蕨丛中磨坊附近、榛树底下，我都找过，最后我终于在一块峭壁下发现了翠翠那蓝色的小身子。我就把它葬在几天前掘的那个坑里，把它葬在翡翡的身边，葬在小河边，我觉得是最合适的。

第二年春天，我又来到小白桥旁。老远就望见一大片明镜般的河水。多么奇怪啊！整个山谷里都是水，小河的水都涌到岸上去了！

这条小河从来没有这样快乐过！它从来没有跑得这样快！水面里倒映着天空的影子，人们还以为春天的白云在原野里散步呢。浅色的柳絮悬挂在柳条上，鹅黄的蓓蕾到处闪烁着。

在这欣欣向荣的新气象里，我想起了那对翡翠鸟，心里有些难过。

突然，天空中传来翅膀扇动的声音，两对天蓝色的羽翼从桥下的水面上闪电般掠过，原来是两只耀眼的蓝色翡翠鸟，它们飞了一段距离，就一起在一根树枝上停了下来。

它们也许是翡翡和翠翠的孩子，回到了小河旁边的老家。我不敢断定，因为不熟悉它们。然而我感到幸福，因为由于它们的到来，让整个山谷重新焕发了生机。

小河流入大江，大江则汇入大海，这条小河永远不会干涸。

去年夏天的蜉蝣已经死去了。另外一群度过了1000天幼虫期的蜉蝣又扇动着透明的翅膀从芦苇丛里升起来了，它们在蔚蓝的天空下跳舞，过完欢乐的一天。

翡翡和翠翠长眠于地下，它们在这里度过了快乐的一

溪谷的翠鸟

生。现在,两只新的翡翠鸟又要在这里生活下去了。

"噗噜噜!"它们一直飞到磨坊那边去。

"呼呼呼!"它们一直飞到瀑布那边去。

在这明媚的春天里,四处蔚蓝一片,有蓝天、碧水和那四张比天空的颜色更蓝的翅膀。

小河里的水流动着,歌唱着!生命永远向前,永不止息!

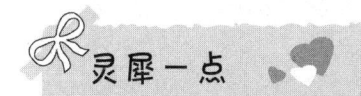

灵犀一点

老翠鸟去世了,新翠鸟成长起来,大自然的成员就是这样生生不息。让我们珍惜每一个日子,每天都活得有质量,拥有精彩的人生!

微信扫一扫
一起来揭秘动物大百科吧!